KB171209

악보와 여행하는 남자

GAKUFU TO TABISURU OTOKO

Copyright © Ashibe Taku, 2017

All rights reserved.

Original Japanese edition published by Kobunsha Co., Ltd.

Korean translation rights arranged with Kobunsha Co., Ltd.

through JM Contents Agency Co., Seoul.

楽譜と旅する男 ——— 芦辺拓

악보와 여행하는 남자

아시베 다쿠 연작소설

김은모 옮김

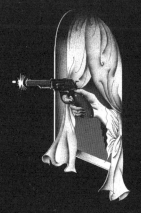

증대고모 오팔의 이야기

1

아무래도 어디선가 본 적 있는 남자 같았습니다.

　장소는 채링크로스 거리를 동쪽으로 들어가면 나오는 세실코트의 고서점 거리. 지하철로 따지면 피커딜리선 레스터스퀘어역에서 내려 남쪽으로 나아가다 윈덤스 극장을 지나친 다음입니다.

　그 한 모퉁이에 자리한 아동서 전문점이 은근히 마음에 들어서, 가끔 들러 진열창 너머로 정겨운 책들을 지루한 줄 모르고 바라보곤 하지요. 그렇다고 특별히 진귀한 책은 아니고, 이를테면 이니드 블라이턴[*]의

---

[*] 700권이 넘는 책을 남긴 영국의 아동문학가.

모험물 혹은 책등이 빨간색인 개구쟁이 '윌리엄' 시리즈, 그리고 다양한 소년 소녀가 탐정과 기자로 활약하는 이야기 등 지금도 출판되는 작품들뿐입니다.

예, 이런 책은 귀하지 않다는 점이 오히려 좋습니다. 아이들 방이나 학교 도서실, 이동도서관 혹은 친구네 집에서 찾아볼 수 있고, 크리스마스 선물로 받았던 책과 난데없이 재회하기도 합니다. 물론 처음 만나는 즐거움을 맛볼 때도 있지만요.

제2차 세계대전 이전에는 채링크로스 일대가 전부 고서 거리로 번창하던 시절도 있었다는데, 지금은 이쪽 골목길 말고는 거리를 북쪽으로 올라가서 동쪽 길가에 가게가 점점이 자리를 지키고 있을 따름입니다.

여기 세실코트에 처마를 나란히 한 서점은 죄다 신식에다 깔끔해서 풍취가 부족하다고 말하는 사람도 있습니다. 대신에 각 서점마다 개성과 전문 분야가 달라서 자동차나 비행기, 철도 관련 전문점도 있거니와 오래된 포스터와 그림엽서를 골고루 갖춘 가게, 이탈리아어로 된 책만 취급하는 가게도 있는데요. 그 한구석에서 분명 그 남자를 본 기억이 납니다.

크기는 좀 작지만 음악 관련 서적에 특화된 서점인데, 남자는 가게 앞쪽에 놓인 나무 상자 앞에 우뚝 서 있었습니다.

다가가서 확인할 것도 없이 나무 상자에 악보가 들어 있음을 알 수 있었습니다. 그 남자가 차례차례 꺼냈다가 되돌려놓는 게 얄팍한 책자뿐이었거든요.

대부분 표지만 흘끗 보고 내려놓지만, 표지를 펼쳐 오선보를 확인할 때는 뚫어져라 샅샅이 훑어본다. 뒷모습만 보아도 그러한 광경이 상상되더군요.

상자 하나를 확인하고 나면 다음 상자로. 그것도 한 번이 아니라 몇 번이나 가게 앞 악보 상자에 달라붙어 안을 뒤적이는 그 남자를 보았습니다.

그렇다고 그 이상 그 남자에게 흥미를 품은 것은 아니며, 애당초 그쪽은 제가 쳐다보는 것도 몰랐습니다.

그러므로 '오팔 증대고모*'가 사는 베커넘의 코틀랜드 저택에서 어쩐지 낯익은 사람과 마주칠 때까지는 그 남자를 완전히 잊어버리고 있었고, 그 후로도

✦ 증조할아버지의 누이.

확신은 가지지 못했습니다. 일부러 물어보지도 않았고요.

런던에서 남동쪽 켄트주로 이어지는 사우스윈스턴 철도. 터미널 중 하나인 빅토리아역에서 완행열차를 타고 20분쯤 가면 베커넘 연락역에 도착합니다.

어디든 대개 그렇듯이 여기에도 역 앞 광장과 상점가가 있고 상점가에는 빅토리아 시대에 빨간 벽돌로 지은 칸막이식 점포도 남아 있지만, 오늘은 그쪽을 거들떠보지도 않고 사거리를 건넜습니다.

교회와 묘지로 통하는 공원을 지나쳐 주택지 한가운데로 향합니다. 거리는 좀 멀지만 주변에 택시가 눈에 띄지 않아서 어쩔 수 없습니다.

걸음을 옮길수록 과거로 거슬러 올라가고, 제 몸이 왜소해지는 것 같았습니다.

안쪽으로 들어갈수록 고풍스러운 저택이 늘어나고, 저택에 딸린 부지도 넓어지기 때문입니다. 그 때문에 어느새 몇 세기나 건너뛴 기분마저 들더군요.

손질을 제대로 안 한 건지, 아니면 주인의 취향인지 코틀랜드 저택은 다른 집보다 몇 배나 울창하고 짙은 녹음에 덮여 있었습니다. 우진각지붕✦에, 박공✦✦이 달린 현관 옆에는 원기둥을 세운 조지아 양식 건물이지만, 얼핏 봐서는 그런 줄도 모를 만큼 나무가 우거졌습니다.

최소한의 보수는 하는지 잔디는 보기 흉할 만큼 자라지 않았지만, 덩굴시렁의 장미는 완전히 시들어서 가시 달린 덩굴만 감겨 있었습니다.

정원수 가운데 제일 먼저 눈에 들어오는 앞뜰의 느릅나무는 거꾸로 매달린 유령거미나 고르곤✦✦✦의 머리카락처럼 가지가 구불구불 늘어졌고, 현관 앞에 심은 오크나무는 줄기가 두세 아름은 될 만큼 굵은 데다 당장이라도 건물에 덤벼들 것처럼 가지가 쑥 뻗어 나왔습니다.

'증대고모' 오팔 코틀랜드는 이 저택에서 태어나 평생 여기서 살았습니다. 특히 부모님을 여읜 후로는 약 70년간, 고용인을 제외하면 홀로 생활했습니다.

✦ 네 면에 모두 지붕면이 만들어진 형태. 앞뒤에서는 사다리꼴로 양옆에서는 삼각형으로 보인다.
✦✦ 지붕 끝머리에 '∧' 모양으로 붙여놓은 두꺼운 널빤지.
✦✦✦ 그리스 신화에 등장하는 괴물 세 자매로, 머리카락은 뱀이다.

한평생 미스 코틀랜드라고 불린 그녀의 인생과 이제 길지는 않을 여생을 생각하며 저택 부지에 발을 들여놓았을 때 문득 뭔가를 스쳐 지나간 듯한 기분이 들었습니다.

어쩌면 누군가였을지도 모른다 싶어 몇 걸음 나아가다 뒤돌아보았습니다. 하지만 이미 늦었는지 방금 지나온 플라타너스 가로수길만 눈에 들어오더군요. 포석에서는 나뭇잎 몇 잎이 바람에 흩날리고 있을 뿐이었습니다.

문 옆의 버튼을 누르자 안쪽에서 요즘은 듣기 힘든 버저 소리가 울렸습니다. 그마저도 이 저택에는 어울리지 않게 신선한 기분이 들었습니다.

잠시 후 열린 문으로 들어섰을 때 약간 안도했습니다.

문간 안쪽에는 아주 고풍스러운 세간과 벽지, 카펫으로 꾸며지고 거무데데하니 빛바랜 공간이 펼쳐져 있었지만, 그 앞쪽 거실에는 저와 마찬가지로 사우스윈스턴 철도를 타고 온 현대인들이 모여 있었기 때문입니다.

"이야, 어서 와!"

"오랜만이네……. 요즘 어떻게 지내?"

"어, 좀 말랐나? 엇, 진짜?!"

그렇듯 소소한, 좀 더 신랄하게 말하자면 전혀 하잘것없는 대화. 하지만 여기가 소호나 켄싱턴의 카페가 아니라는 증거로, 사람들 중심에는 모두의 '증대고모' 오팔 코틀랜드가 떡하니 자리를 잡고 있었습니다. 밀랍 인형처럼 미동도 없이 휠체어에 앉았고 역시 밀랍으로 만든 것처럼 새하얀 얼굴에는 감정이 일절 드러나지 않습니다.

입고 있는 의상은 그야말로 세실코트의 고서점 거리에서 파는 그림처럼 고풍스러우며 가냘픈 손가락에는 어울리지 않게 굵은 반지를 꼈습니다. 그녀와 그 주변만 시간이 멈춘 것 같았고, 다가가면 자기장 같은 그 분위기에 빨려 들어갈 듯한 기분이 들었습니다.

하지만 그런 오팔 증대고모보다 그 뒤편에 가만히 자리 잡은 낡은 검정 상자에 더욱 시선이 쏠리더군요. 그건 아주 흔해빠진 업라이트피아노였습니다.

2

　오늘은 증대고모 오팔 코틀랜드의 백 번째 생신이…… 실은 아니지만 생신을 기다렸다가는 무슨 일이 생길 것만 같아 일찌감치 축하를 하고 넘어가자는 것이 본심이었습니다.

　그렇게까지 해서 미스 코틀랜드의 생신을 축하하는 데는 물론 이유가 있었습니다. 아니, 속셈이라고 하는 편이 솔직할지도 모르겠네요.

　설명하자면, 평생 독신으로 산 증대고모가 지금까지 홀로 지켜온 재산이 얼마나 되며 그녀가 세상을 떠난 뒤에 그 재산이 어떻게 될지 확인하고 싶은데, 이유도 없이 그녀의 집을 찾아올 수도 없었기 때문입니다.

런던 근교인 데다 토지와 건물이 이렇게 크니까 분명 값어치가 상당하겠죠. 건물 내부에는 시대에 뒤떨어진 잡동사니가 그득하지만, 경매에 내놓으면 좋은 가격을 받을 물건들도 있을 듯합니다.

누가 유산을 얼마나 받을지도 당연히 신경 쓰였지만 그뿐만이 아니었습니다. 웬걸, 오팔 증대고모는 아무에게도 밝히지 않은 비밀을 간직하고 있고 그 비밀이 이 저택 어딘가에 숨겨져 있다는 것 아니겠습니까.

그녀가 죽으면 유산은 법적 절차를 밟아 분할될 테고, 그걸 어떻게 나눌지는 살아 있는 사람들에 달렸습니다. 하지만 이 저택을 그대로 남겨두든 과감하게 철거하든 그 비밀, 어쩌면 엄청난 가치를 지니고 있을지 모르는 뭔가가 그녀와 함께 매장되는 건 너무나 아쉽게 느껴졌습니다.

하지만 오팔 증대고모는 원래 과묵한 성격인 데다 덧붙여 아무리 살살 달래고 때로는 노골적으로 캐물어도 그 비밀에 관해서는 입도 벙긋하려 들지 않았습니다.

하물며 이제는 완전히 노쇠해졌습니다. 출퇴근하는 간병인이 있어 일상생활에는 지장이 없지만 기억력은 아주 나빠진 것 같습니다. 나이가 드셨으니 어쩔 수 없지만 특히 요즘은 입을 떼기조차 귀찮아하는 것 같았습니다.

나이를 먹으면 옛날 일은 잘 기억해도 최근 일은 가물가물해진다고들 하는데, 이렇게까지 나이를 먹으면 아무리 소중한 추억도 마음과 몸에 새겨진 체험도 망각이라는 페인트로 싹 덧칠되는 법인지도 모르겠습니다.

오늘 코틀랜드 저택에는 사는 곳도 핏줄도, 멀고 가까운 다양한 사람들이 모였습니다. 그들이 런던에서 삼삼오오 모일 때는 오팔 증대고모가 종종 화제에 올랐습니다.

정확하게는 오로지 그녀의 자산과 앞서 말한 '비밀'에 관한 이야기였지만, 제법 가까운 친척과 지인도 그녀의 사생활에 대해서는 아는 바가 거의 없었습니다. 하물며 저택 안에 어떤 비밀이 숨겨져 있는지, 혹은 그런 비밀이 아예 존재하지 않는 건지 알 방도는 전혀 없었지요.

그런 와중에 비밀이 발견되면 반드시 모두에게 공개한다, 다만 발견자 또는 발견에 가장 공이 큰 사람이 우선적으로 수익을 배분받는다는 방침이 담화를 나누는 가운데 정해졌습니다.

반쯤 농담이라고는 하나 그중에는 사무 변호사와 퇴직 경찰관도 있으니 나름대로 구속력이 있는 방침이었습니다.

그런데 오팔 증대고모의 조카에 해당하는 노부인 —어쨌거나 그녀의 나이도 여든 살에 가까웠으므로 —으로, 모두가 밀드러드 대고모라고 부르는 사람이 마침 친척들이 모인 다과회에서 이런 이야기를 들려주었습니다.

"오팔 고모(그녀는 미스 코틀랜드를 그렇게 불렀습니다)는 어머니를 일찍 여의고 아버지랑 둘이서 살았는데, 아버지는 일 때문에 여기저기 나가 있을 때가 많았지. 한 달에 대부분을 혼자 산 셈이나 마찬가지야. 집이 그렇게 크니까 고용인을 쓰기는 썼지만, 꼭 필요할 때만 임시로 사람을 고용해서 부리는 식이었어. 그런 생활에 익숙해졌는지 전쟁 중에 아버지가 돌아가시고 나서도 결혼도 안 하고 베커넘의 집을 지켜왔지.

가문의 혈통이 그런 건지, 아니면 일벌레였던 아버지의 영향인지 좀 편벽한 구석이 있기는 해. 그 탓인지 1년 내내 집에 틀어박혀 살다가 결국 오늘에 이르고야 말았네. 바깥세상과 접촉할 일이 없었으니 풍파와는 무관한 인생이었지만…… 딱 한 번 좀 별난 소문이 돈 적이 있었어. 맞아, 지난번 전쟁이 한창이던 때였든지 그 전이었든지 그랬을 거야. 여러모로 참 수상쩍은 시절이었지.”

이야…… 하고, 그 자리에 모인 사람들은 놀랐습니다.

그 말라비틀어진 듯한 할머니에게 그런 일이 있었나, 도대체 무슨 소문일까 궁금해서 일동이 바로 술렁거리자 아직 정정한 밀드러드 대고모는 이마를 손끝으로 문지르며 말했습니다.

“그래 그러니까…… 한 달에 몇 번인가 그 저택에서 어쩐지 기묘한 음악이 들릴 때가 있었대. 오팔 고모가 피아노를 치는 소리였는데, 아무도 들어본 적이 없는 멜로디였다나. 그러고 보니 나도 그럴듯한 곡을 딱 한 번 들은 적이 있어. 하기야 그건 전쟁이 끝난 지 한참 뒤였지만. 독일인과 일본인이 난리를 치던 무렵에 난 아직 한참 어린애였거든.

분명 무슨 심부름을 하러 베커넘에 갔을 때였을 거야. 저택이 늘어선 마을 안쪽에서 참으로 기묘한 곡이 들려오기에 뭔가 싶어 무심코 귀를 기울이는데, 마침 근처 집에서 나온 부인이 걸음을 멈추고 대뜸 중얼거리더구나.

'어머, 오랜만에 저 곡을 듣네. 아직도 무슨 곡인지는 모르겠지만.'

마음에 걸려서 물어보니 전쟁이 끝나기 전에는 가끔 그 곡이 흘러나왔다는 거야. 그것도 다른 곡 말고 딱 그 곡만. 부인은 거기서 그치지 않고 이런 이야기도 들려줬어.

'저 곡이 들린 날에 코틀랜드 씨 댁에 간 적이 한 번 있는데, 아무리 문을 두드려도 대답이 없더라고. 분명히 있는 줄 알았는데…….'

그런 이야기를 들은 탓인지 막상 집 앞에 서자 좀 긴장됐지만, 문을 열고 나온 오팔 고모는 아주 상냥하게 날 맞이해줬어. 어쩐지 쓸쓸해 보이기는 했지만 말이야. 거의 유일한 취미인 피아노도 쳐주었지만, 아주 보통이랄까 흔한 클래식곡뿐 대중적인 유행가 하나 없었지.

그런데…… 어째선지 방금 들은 곡이 뭔지는 못 물어보겠더라고. 어쩐지 물어보면 안 될 것 같은 기분이 들었어. 그 후로도 고모를 몇 번 만났지만, 결국 그 이야기는 꺼내지 못했고 연주를 들을 기회도 더 이상은 없었지.”

어쩐지 종잡기 힘들었지만 묘하게 마음에 와닿는 이야기였습니다.

어쩌면 그 ‘기묘한 음악’이 이제 곧 100세를 맞이하고 머지않아 육체와 함께 스러질—실제로는 이미 스러진 것이나 마찬가지지만—그녀의 정신을 자극해 기억을 되살려주지는 않을까, 하는 기대심 때문이었겠지요.

그 기대심의 발로는 말할 것도 없이 오팔 코틀랜드라는 여성이 무덤까지 가져가려 했고, 이제는 본인도 완전히 잊어버린 뭔가 귀중한 재산을 어떻게든 찾아내고 싶다는 욕구였습니다.

아무튼 오팔 증대고모의 과거를 파헤치려 해도 도

움이 될 만한 기억을 간직하고 있는 사람은 아무도 없었습니다. 대인 관계가 좋지 못한 사람이었던 듯, 유일한 예외로서 인상에 남은 일이 피아노 연주와 관련된 일화였던 셈입니다.

그래서 밀드러드 대고모에게 어떤 곡이었느냐고 바로 물어보았습니다만.

"말도 마라. 그렇게 먼 옛날 일을 어떻게 기억하겠니."

그렇게 일소에 부치고 말았습니다. 듣고 보니 당연했습니다. 하지만 그녀는 잠시 생각하다가 손가락으로 가볍게 박자를 맞추는가 싶더니 묘한 가락을 붙여 콧노래를 부르기 시작했습니다.

"흠흠흠흠, 흠흠흠, 흠흠흠흠흠, 흠흠흠흠흠흠흠……."

밀드러드 대고모는 멍한 표정을 짓는 젊은이들을 생글생글 웃는 얼굴로 둘러보고 자기는 답을 찾았다는 듯이 만족스럽게 말했습니다.

"그래, 분명 이런 곡이었어."

가사고 뭐고 없이 고작 그 정도의 멜로디와 리듬이 전부입니다. 너무 애매모호하여 실마리가 될 것 같지 않아서 일단 무시했습니다만, 결국 그것 말고는 실마리가 없었습니다.

오팔 증대고모를 고모라고 부르는 그녀가 기억력은 아직 쓸 만한 대신 음악을 재현하는 능력은 시원치 않다는 점만은 확실했습니다.

이래서는 글렀군……. 대부분이 그렇게 여기고 일찌감치 포기했습니다. 하지만 그렇지 않은 사람도 몇이나마 있었습니다.

그러다가 실마리가 하나 더 나왔습니다. 밀드러드 대고모가 갑자기 벌떡 일어났습니다.

"그러고 보니 분명 저기에……."

그녀는 혼잣말을 중얼거리며 수납장 안쪽에서 앨범을 꺼내 스냅사진을 보여주었습니다. 역시 음감은 둘째 치고 기억력은 아직 녹슬지 않은 모양입니다.

"이걸 보렴……. 완전히 잊어버리고 있었는데, 그때 마침 가지고 있던 카메라로 찍은 거야. 어쩌면 젊은 시절의 오팔 고모를 찍은 유일한 사진일지도 모르겠다. 적어도 우리 집에는 이것밖에 없어."

그렇게 말하며 암갈색으로 변색된 사진을 가리켰습니다. 거기에는 30대로 보이는 여자가 피아노 앞에 앉아 카메라를 향해 힘없이 미소 짓는 모습이 담겨 있었습니다.

몹시 내성적인지, 수줍어하는 것처럼도 겁을 먹은 것처럼도 보이는 표정이었습니다. 과연 이 정도라면 평생 저택에 틀어박혀 지냈어도 이상할 것 없을지 모르겠습니다.

결코 화사한 미인은 아니었지만 지금은 상상도 못할 만큼 젊고 생생한 모습에 모두가 놀랐습니다. 좀 더 젊은 시절 사진이라면 더욱 좋았을 텐데요.

그야말로 세월이 얼마나 무상하고 무정한지 일깨워주는 사진이었는데, 이윽고 그 안에서 한 가지 실마리가 발견됐습니다.

그녀가 품에 안고 있는 악보입니다. 악보 그 자체보다 표지에 적힌 글자였지요. 앨범을 둘러싼 일동 중 누군가가 그 글자를 보고 서로 속삭였습니다.

"어, 이건⋯⋯?"

"아마도 제목이겠지."

그 말을 듣고 밀드러드 대고모는 버릇인지 이마에 손가락을 대고 기억을 더듬는 듯했습니다.

"그러고 보니."

갑자기 뭔가 번뜩인 듯 또 그렇게 말했습니다.

"생각났다. 사진을 찍으려고 했을 때 오팔 고모가 피아노 옆에 놓아둔 악보를 재빨리, 이렇게 품에 안았어. 고모답지 않게 포즈를 취한 게 우스웠지만……. 내게 피아노를 연주해줄 때 사용했던 악보와는 달랐으니, 어쩌면 그 곡의 악보였을지도 모르겠네. 혹 그렇다면 남한테 보여주기가 그렇게 싫었던 건가?"

공교롭게도 우연인지 고의인지 글씨가 대부분 그녀의 팔과 손에 가려져, 비어져 나온 몇 부분만 조금씩 보였습니다.

호기심이 동해 돋보기를 가지고 와서 확인해보았습니다.

(아무래도 영어는 아닌 모양이군.)

눈에 보이는 글씨에 매겨진 부호 덕분에 바로 짐작이 갔습니다. V를 거꾸로 뒤집은 모양의 서컴플렉스circumflex, 프랑스어로는 악상 시르콩플렉스accent circonflexe라고 부르는 것 말입니다.

자, 이건 도대체 무엇을 의미할까요. 이것이 프랑스나 벨기에 등 불어권 국가에서 출판된 악보이며,

따라서 작곡자도 그쪽 나라 사람이 아닐까 하는 생각이 제일 먼저 떠올랐습니다.

누구나 알다시피 프랑스어에서는 â, ê, î, ô, û, 이렇게 모든 모음에 이 부호가 붙을 때가 있습니다. 그렇다고 프랑스어라고 단언할 수는 없었습니다.

왜냐하면 포르투갈어에서는 â, ê, ô라는 식으로 이 부호—아센투 시르쿤플레슈acento circunflexo라고 한답니다—가 붙은 모음이 사용되고, 그 밖에 루마니아어에서는 â, î가 쓰이고, 슬로바키아에서도 ô뿐이기는 하지만 사용되고 있기 때문입니다.

이 부호가 차라리 자음에까지 붙어 있고, 그 자음이 ŵ나 ŷ라면 웨일스어일 테고, ĉ, ĝ, ĥ, ĵ, ŝ라면 자멘호프가 발명한 국제 공용어 에스페란토라고 추정하겠지만 그렇게 쉽게 결론이 나지는 않았습니다.

다만 문제의 악보 표지에 ô가 포함되어 있었으므로 루마니아어는 아니라는 사실을 알았을 뿐입니다.

한참 설명을 늘어놓았는데, 이 또한 오팔 증대고모에 관해 대화를 주고받다가 나온 이야기입니다.

과연 다채롭고 지식이 풍부한 면면들이 모인 만큼 다양한 나라의 언어를 비교, 대조할 수 있었지만, 그

만큼 머리를 모아도 결국 답은 나오지 않았습니다. 만약 이 악보가 오팔 증대고모가 가끔 연주했던 진귀한 곡의 악보라면, 언어에 이 부호를 사용하는 나라의 음악으로 짐작됩니다. 하지만 일은 그렇게 간단하지 않았습니다.

날을 잡아 코틀랜드 저택에 오랜 세월 쌓인 잡동사니와 불필요한 물품을 정리할 때였습니다. 이제 더 이상 사용할 일이 없는, 아니, 그보다 시대가 변화하여 사용할 길이 없는 도구류를 처분하면서 오래된 서적과 잡지, 편지와 서류들도 정리하고 분류했습니다.

그중에 오팔 증대고모가 애용했던 악보도 있었지만, 수가 그리 많지는 않은 데다 아주 흔한 유럽과 미국 곡목뿐이라 제목에 그런 부호가 붙은 악보는 하나도 없었습니다.

오랜 세월이 흐르는 동안 잃어버린 걸까, 아니면 오팔 증대고모가 처분한 걸까. 그 진귀한 곡이 제2차 세계대전 직전이나 기껏해야 전쟁이 시작된 지 얼마 지나지 않은 시기에 집중적으로 연주된 건 틀림없습니다.

몇 명이 이 수수께끼를 풀겠다고 도전했다가 단한 명을 제외하고는 모두 포기했습니다. 실마리가 너무 적고, 강세 부호에서 연상되는 어느 나라의 곡에도 해당하지 않았기 때문입니다.

그리고…… 딱 까놓고 말하자면 그 '기묘한 음악'의 정체를 밝혀내 오팔 증대고모에게 들려준들 과연 효과가 있을까, 한 세기를 살아온 뇌에는 아무 자극도 주지 못하는 것 아닐까, 그런 걱정이 앞섰기 때문입니다.

그렇지만 그렇게 생각하지 않은 남자가 단 한 명 있었습니다.

예, 채링크로스 세실코트의 고서점에서 낡은 악보가 담긴 상자를 뒤지던 그 남자만은…….

3

그 남자가 거실 한구석으로 성큼성큼 걸어가자 어쩐지 몹시 꺼림칙한 예감이 들었습니다.

그는 코틀랜드 가문의 친척 중 한 명으로 이름은 앨버트입니다. 가끔 열리는 모임에 빈번히 얼굴을 내밀지만, 정확하게 무슨 일을 하는지는 아무도 잘 모르는 것 같았습니다.

(저건…… 역시 그 사진에 찍힌 것과 똑같은 피아노?)

아까 전부터 마음에 걸리던 의문이 중얼거림으로 변해 입에서 흘러나왔습니다.

저 말고도 알아차린 사람이 많았겠죠. 앨버트도 그걸 눈치챘는지 약간 연극조로 입을 열었습니다.

"자, 여러분. 실은 제가 오팔 증대고모님께 작은 선물을 드리려고 합니다. 그건…… 이 악보입니다!"

그렇게 말하더니 완전히 변색되고 종이 끄트머리와 철한 부분 등 여기저기가 너덜너덜해진 책자를 마술처럼 꺼냈습니다.

예기치 않은 일이 벌어진 순간, 사람들 사이에 깜짝 놀란 분위기가 퍼진 것은 언젠가 본 암갈색 사진이 떠올랐기 때문이겠지요. 동시에 그 사진 속에서 젊은 시절의 오팔 증대고모가 품에 끌어안고 있던 것과 똑같은 악보라는 사실을 알아차렸기 때문임에 틀림없습니다.

표지에는 분명 서컴플렉스, 산 모양의 부호가 매겨진 o가 인쇄되어 있었습니다만, 앨버트는 심술궂게도 전체를 다 보여주지 않고 재빨리 악보를 펼쳐 피아노 보면대에 얹었습니다.

"말보다는 증거, 여기서 당장 연주해보도록 하죠"

말을 마치기가 무섭게 건반에 손을 얹고 연주를 시작했습니다.

참으로 신기한 멜로디였습니다. 우리 귀에 익숙한 음악 같기도 하면서 어쩐지 이국적인 느낌. 마치 작곡자가 서양 음악을 배우기는 했지만, 전혀 다른 문화적 토양에서 길러온 정체성이 가끔 고개를 내미는 것 같았습니다.

앨버트의 연주는 두 손가락으로 치는 것보다 나은 정도라 결코 칭찬받을 만한 수준은 아니었지만, 그래도 어딘가 애조를 띤 곡의 분위기를 청중에게 전달하기에는 충분했습니다.

당혹스러운 일은 거기서 그치지 않았습니다. 손님 중에는 음악에 조예가 깊은 애호가도 있었는데 누구 하나 눈앞에서 연주되는 곡이 무엇인지 알지 못했습니다. 제목이 짐작되기는커녕 귀에 익은 부분조차 한 소절도 없었습니다.

아니, 단 한 명만은 예외였습니다.

그 곡의 정체 이상으로 지금 무슨 일이 벌어지는 중인가, 무엇 때문에 이런 임시 연주회가 열린 건가 의아해하는 사람들 뒤에서 익숙한 목소리가 몹시 놀란 음색을 띠고 울려 퍼졌습니다.

"어머, 옛날 생각난다! 이거야, 내가 몇십 년도 전에 이 근처에서 들은 음악…… 그래, 이 곡이 틀림없어."

오늘 이 모임에 늦게 온 밀드러드 대고모였습니다.

"그, 그럼, 대고모님……."

"이게 전에 말씀하셨던 '그 곡'이라고요?"

정신이 번쩍 난 듯 사람들이 질문을 던지자 밀드러드 대고모는 평소보다 더욱 곱게 꾸민 얼굴로 생긋 웃음을 지으며 말했습니다.

"방금 내가 그랬잖니. 어머, 오팔 고모, 그런 곳에 계셨군요. 건강해 보이셔서 다행이에요. 정말로 오랜만이네요……. 저, 지금 쟤가 연주하는 곡이 그때 고모가 저 피아노로 들려주신 곡 맞죠?"

밀드러드 대고모는 인사치레인지 아니면 진심인지 휠체어에 앉은 밀랍 인형 같은 미스 오팔 코틀랜드에게도 웃음을 지었습니다.

"……."

대답은 없었습니다. 어린아이들(오팔 증대고모 입장에서는)이 서로 얼굴을 마주 보며 뭐가 어찌 될까 궁금해하든 말든, 백 살이 다 된 노인은 아무 반응도 보이지 않았습니다.

그런데 앨버트가 펼쳐둔 피아노 악보가 마지막 페이지에 접어들려던 참이었습니다. 오팔 증대고모의 고개와 휠체어 팔걸이에 얹은 손이 경련하듯 움찔한 것 같았습니다.

그 사실을 알아차리고 사람들이 깜짝 놀라 쳐다보자 오팔 증대고모는 이제 넋이 깃들어 있지 않은 줄 알았던 눈을 부릅떴습니다.

마치 수상한 박사가 전기 충격을 가해 살아 있는 시체가 잠에서 깨어난 듯한…… 아니, 오히려 오팔 증대고모를 둘러싸고 있던 우리가 벼락을 맞은 기분이었습니다.

무리도 아닙니다. 영원히 휠체어에 붙박여 흐리멍덩한 상태로 마지막을 맞이할 줄 알았던 증대고모가 정신을 차리다니, 그런 기적을 도대체 누가 상상했을까요.

하지만 그조차 시작에 불과했습니다. 오팔 코틀랜드는 변함없이 눈을 부릅뜬 채 어딘지 모를 곳을 바라보다가 밀랍 세공 같은 손가락으로 팔걸이를 꽉 움켜쥐더니 천천히, 하지만 확실하게 일어섰습니다!

"즈, 증대고모님?"

"이, 이런 말도 안 되는 일이……."

놀랐다기보다 겁에 질린 목소리가 오갔습니다. 하

지만 미스 코틀랜드는 소란을 피우는 소리가 전혀 들리지 않을뿐더러 자신을 둘러싼 사람들의 존재조차 개의치 않는다는 태도로 비칠비칠 카펫에 한 발을 내디뎠습니다.

상상도 못 한 일이 벌어지는 바람에 누구 하나 그녀를 말리지 못했습니다. 갑자기 일어서다니 무모하다는 생각도 들었지만, 제지하려고 살짝 건드리기만 해도 망가져버릴 것 같아 무서워서 도저히 손을 쓸 수가 없었습니다.

단 한 사람, 앨버트만이 회심의 미소를 지으며 기적의 현장을 바라보았습니다. 두 눈에는 신사적인 미소와는 어울리지 않게도 번쩍이는 빛이 깃들어 있더군요.

역시 나이는 속일 수 없는지 잠시 후 증대고모가 비틀대자 앨버트는 재빨리 손을 내밀었습니다.

"자, 가실까요. 미스 코틀랜드."

어디까지나 공손하게, 하지만 목소리 저 깊은 곳에는 간사한 웃음을 머금고 그녀를 이끌었습니다.

이리하여 참으로 기묘한 행렬이 시작되었습니다. 아주 느릿느릿하고 불안한 걸음걸이로 저택 안쪽을 향해 나아가는 노인. 노인을 끌어안다시피 부축하여 보조하는 남자. 그 두 사람의 뒤를 남녀가 어안이 벙벙한 표정으로 천천히 따라갑니다.

이윽고 기묘한 행렬은 일찍이 오팔 증대고모의 어머니가 사용했다는 방에 도착했습니다. 다른 방과 크게 다르지 않은 구조였지만, 차이점이 딱 한 군데 있었습니다.

앞서 말했듯이 어머니인 코틀랜드 부인은 일찍 돌아가셨으므로 여기를 사용하지 않은 지 꽤 오래되었음은 쉽게 짐작할 수 있습니다. 하나 현 주인의 꼼꼼한 성격을 보여주듯 구석구석 청소를 잘 해놓았고, 가구와 세간들도 깔끔하게 손질되어 있었습니다.

그런데 벽면은 몹시 지저분했습니다. 윌리엄 모리스*의 작품으로 추정되는, 풀과 꽃을 모티프로 한 벽지를 발라놓았지만 다른 방과 비교하면 명백하게 때가 타고 색깔이 변했으며 흠집이 나거나 벗겨진 곳도 그냥 방치해둔 채였습니다.

네, 이 방만 벽지를 갈지 않은 겁니다. 저택을 세울 당시에 바른 벽지가 어째서인지 그대로 남아 있었습니다.

그 사실을 알아차리고 문득 걸음을 멈춰 둘러보는 사람들도 있는 가운데, 오팔 증대고모는 앨버트의 부축을 받으며 창문이 없는 벽으로 다가갔습니다. 태엽이 다 풀려가는 자동인형처럼 조금씩 느릿느릿, 발이 거의 올라가지 않아 슬리퍼 밑창을 바닥에 끌면서…….

잠시 후 오팔 증대고모는 어떤 지점에 멈춰 서서 희미하게 떨리는 왼팔을 벽면으로 뻗었습니다. 아무래도 언제 어느 때든 끼고 있는 굵은 반지를 대려고 하는 것 같았습니다.

도대체 뭘 하려는 걸까. 모두가 마른침을 삼키며 지켜보는 가운데 반지가 벽을 푹 파고들었습니다. 마치 거기만 쑥 들어가도록 되어 있는 것 같았습니다.

몹시 기묘한 사태에 사람들의 곤혹스러움이 정점에 달했을 때였습니다. 더욱 놀라운 일이 벌어졌습니다. 벽 안쪽에서 철컥하는 소리가 나는가 싶더니, 벽지가 원형으로 벌렁 젖혀지는 것 아니겠어요.

아니, 벗겨진 것이 아닙니다. 낡은 벽지 뒤편에 교

✦ 영국 출신으로 도판, 벽지, 직물 등 장식 예술의 대가.

묘하게 숨겨져 있던 비밀 창이 바깥쪽으로 덜컥 열렸습니다.

저, 저건……. 주변에서 무심코 의문을 담아 소곤거리자 앨버트는 "쉿" 하고 입술에 손가락을 갖다 댔습니다.

자, 지금부터가 본론, 가장 스릴 있고 재미있는 장면이다……. 당장이라도 웃음꽃이 필 듯한 표정만 보더라도 그렇게 생각하고 있는 것이 분명했습니다.

한편 오팔 증대고모는 갑자기 생겨난 벽의 구멍 속에 손을 천천히 집어넣었습니다.

그제야 다들 무슨 일이 벌어지고 있는지 이해했습니다. 오팔 증대고모는 낡은 벽지 뒤편에 숨겨진 비밀 금고, 또는 그와 비슷한 기계장치를 연 것입니다.

그건 증대고모 본인도 몇십 년이나 잊고 지냈던 비밀 공간이었습니다. 그 공간을 여는 열쇠는 반지였다 치고, 그럼 증대고모의 봉인된 기억이 풀린 계기는 도대체 무엇일까. 그것도 어렴풋이 짐작이 갔습니다.

"겨우 기억을 해내셨군요, 증대고모님. 아니, 미스 코틀랜드."

무서우리만치 정적이 감도는 가운데 앨버트의 목소리만 낭랑하게 울려 퍼졌습니다.

　"자, 그 안에 있는 걸 저희에게 보여……."

　앨버트가 의기양양하게 말을 꺼낸 바로 그때였습니다. 오팔 코틀랜드가 천천히 몸을 돌렸습니다. 손에 둔탁하게 빛나는 금속 물체를 쥔 채.

　"!"

　앨버트의 웃음이 순식간에 얼어붙고, 창백해진 얼굴이 대번에 일그러졌습니다. 긴장으로 굳어버린 입에서 짐승의 비명과도 비슷한 목소리가 새어 나왔습니다.

　하지만 그의 다음 말은 탕 하는, 귀를 찢을 듯한 파열음에 가로막혔습니다.

　잠시 후, 앨버트의 가슴에 생긴 빨간 얼룩은 꽃봉오리에서 큼지막한 꽃송이로 그 모습을 바꾸어갔습니다.

　앨버트는 느닷없이 찾아온 비정한 운명에 항거하듯 피가 자꾸 쏟아져 나오는 상처를 누른 채 서 있으려고 애썼지만, 이윽고 천천히 카펫 위로 무너져 내렸습니다. 벌어진 양복 사이로 안주머니에 꽂힌 흰색 봉투 같은 것이 보였습니다.

어떤 물체가 그 바로 옆 바닥을 미끄러져갔습니다. 오팔 증대고모가 금고에서 꺼내 쥐고 있던 것…… 바로 권총이었습니다.

"미스 코틀랜드!"

"증대고모님!"

악몽에서 벗어난 것처럼 번쩍 정신을 차린 사람들이 미친 듯이 소리를 질러댔습니다.

하지만 그때 이미 우리의 증대고모 미스 오팔 코틀랜드는 벽에 기댄 자세로 주저앉아 마치 잠에 빠진 것처럼 편안히 세상을 떠난 뒤였습니다.

4

　고인 앨버트 씨가 소지하고 있던 편지의 내용…….

　"귀하가 조사를 의뢰하신 건이 다음과 같이 판명되었으므로 보고드립니다.

　일단 보내주신 미스 오팔 코틀랜드의 사진 복사본 말씀입니다만, 귀하는 프랑스어의 악상 시르콩플렉스, 포르투갈어의 아센투 시르쿤플레슈, 그 외 유럽 일부 언어에 사용되는 산 모양 발음부호로 판단하셨지만, 저는 완전히 다른 해석을 내렸습니다.

　즉, **일본어 로마자 표기에 사용되는 장음부호 'ˆ'입니**다. 일본어에서는 '도요'와 '도―요―'처럼 발음의 길이에 따라 뜻이 달라지는 단어가 있습니다. 따라서 장음 표기는 극히 중요한 문제이나 대부분의 서양 언어에 이걸 나타내는 부호는 딱히 없으며, 특히 영어에는 아예 없으므로 시행착오가 되풀이되었습니다.

현재는 수도 도쿄를 Tokyo로 장음부호 없이 표기할 때가 많지만, 엄밀하게는 부적절한 표기라고 할 수 있습니다.

예를 들어 라트비아어나 리투아니아어 등에는 ā, ē, ī, ō, ū처럼 모음 위에다 마크롱macron이라는 장음 부호를 매기는 방식이 있는데, 일본에서는 일반적으로 이 방식을 제임스 커티스 헵번 박사가 고안한 '헵본식' 표기법과 조합하여 사용했습니다.

하지만 1937년에 영어 발음에 준거하여 '시'를 shi로 '치'를 chi로, '후'를 fu로 나타낸 헵본식을 배제하고 각각 si, ti, hu로 표기하는 '훈령식'이 제정됐고, 이 표기법은 외국으로 항해하는 선박 등에도 강제로 적용됐습니다. 그 결과 유명한 상선 치치부마루 Chichibu-maru가 Titibu-maru로 바뀌자 성적 어감이 담긴 속어* 때문에 혼란과 실소를 불러일으킨 적도 있었습니다.

이때 영어의 서컴플렉스와 비슷한 산 모양 부호가 장음부호로 정해진 이래, 도쿄는 Tôkyô로 표기하는 것이 의무였습니다. 이 훈령식은 얼마간의 변화를 거치며 제2차 세계대전 이후에도 살아남았지만 점차 유명무실해져 현재는 별로 사용되지 않습니다.

조사와 입수를 의뢰하신 악보가 당시 일본의 악보라 가정하면, 독특한 음계 사용법 때문에 연주를 들은 사람들이 기묘한 인상을 받았다고 추측할 수 있습니다. 덧붙여 친척분이 기억하고 계셨던 '흠흠흠흠, 흠흠흠, 흠흠흠흠흠……'이라는 리듬은 일본 시조에서 가장 많이 볼 수 있는 칠오조와 일치함도 말씀드립니다.

그러한 전제 아래, 제가 전문가의 입장에서 추리고 추린 끝에 다행히도 찾아낸 것이 바로 오늘 이 보고서와 같이 전해드린 악보입니다. 부디 이 보고서와 함께 참조하여 확인해주시면 감사하겠습니다."

✦ 영어 'tit'에는 유방, 성적 대상으로서의 여자라는 뜻이 있다.

비밀 금고 속에는 소형 권총과 함께 수십 통의 서간, 마치 암호장처럼 뜻 모를 글씨와 숫자가 빼곡히 적힌 수첩, 그리고 악보 한 권이 잠들어 있었습니다.

그 악보는 앨버트가 채링크로스의 고서점 거리에서 찾다가 결국 실패하고 편지의 필자에게 의뢰하여 간신히 입수한 악보와 완전히 똑같았습니다. 그러한 사정과 비밀 금고에서 발견된 물건들을 감안하여, 다음과 같은 과거의 일을 어렵사리 판명해냈습니다.

때는 1940년, 유럽에서는 이미 전쟁의 불길이 피어올랐지만 태평양에서는 아직 전쟁이 발발하지 않은, 이를테면 일촉즉발의 시기……

베커넘의 저택에서 집을 자주 비우는 아버지와 쓸쓸하게 살고 있던 오팔 코틀랜드는 어느 날 한 남자와 사랑에 빠졌습니다. 하지만 당시로서는 아주 이상하고 아주 불행한 사랑이었지요.

그녀의 연인은 유색인 청년, 그것도 하필이면 영미와 격하게 대립 중이던 일본인이었습니다.

몰락했다고는 해도 중산계급에 속하는 그녀에게

결코 허락되지 않을 상대였습니다. 설령 세상의 시선이 다소 바뀌었다 해도 완고한 아버지가 인정할 리 없었습니다.

하나 이미 혼기를 넘길락 말락 하던 그녀에게 그 일본인은 마지막 희망의 별로 보였겠지요. 오팔은 그때까지 살아오면서 상상조차 해보지 못했을 만큼 세찬 정열을 불태웠고, 두 사람은 종종 밀회를 가지게 되었습니다.

하지만 밖에 거의 나간 적이 없는 그녀와 영국인 사이에서 너무 눈에 띄는 그에게 사랑을 나눌 장소는 극히 한정되어 있었습니다. 그래서 대담하게도 그녀 자신의 집을 선택한 것입니다.

오팔은 아버지 코틀랜드 씨가 외박할 때를 노려 연인을 불러들이기로 했고, 그 신호로 몇 안 되는 취미인 피아노를 이용했습니다. 평소에는 닫아두는 창문을 활짝 열고 밖에 숨은 그에게 신호를 보냅니다. 그것도 다른 집에서 흘러나오는 피아노 소리와 헷갈리지 않도록 그가 마침 가지고 있던 일본 음악의 악보를 연주해서.

프랑스어도 아니건만 기묘한 산 모양 부호가 매겨

진 글씨로 제목이 인쇄된 그 악보는 그녀를 미지의 세계로 데려가는 통행증이자 무서운 사태를 초래할 씨앗이기도 했습니다.

그녀의 연인이 된 일본인은 단도직입적으로 말하자면 스파이였습니다. 자국과 전쟁이 시작되기 전에 영국에 잠입하여 입수한 비밀 정보를 몰래 본국에 보내고 있었습니다.

그뿐이라면 또 모르되, 그가 파괴 공작에도 관여한 흔적이 있습니다. 하지만 서로 간에 그 일을 언급하는 건 가장 큰 금기였던 모양입니다.

이렇듯 두 사람은 아무도 모르게 관계의 끈을 이어나갔지만, 얼마 후 파탄에 이르는 날이 찾아왔습니다. 그것도 상상할 수 있는 결말 중에 최악의 형태로……

오팔의 연인을 의심하여 은밀히 그의 첩보 활동을 추적하던 인물이 어느 밤 그녀의 집을 찾아왔습니다.

그 남자는 겁에 질려 벌벌 떠는 오팔을 추궁하고 을러댔습니다. 또한 두 사람에 대해 뭐든지 다 알고 있다며 일본 음악 악보를 사용해 연락하는 방법도 폭로했습니다. 그리고 그녀의 눈앞에서 직접 그 곡을 피아노로 연주해 증오스러운 일본 스파이를 불러 들여 체포하려고 했습니다.

가엾은 오팔은 당연히 공황 상태에 빠졌습니다. 어떻게든 연주를 말리려고 했지만 방법이 없어 마침 내 어떤 행동에 나섰습니다.

바로 돌아가신 어머니가 남편 모르게 자기 방에 만들고, 사랑하는 딸에게만 그 존재를 알려준 비밀 금고를 여는 것이었습니다. 일본인 연인은 오팔에게 비밀 서류와 함께 만일에 대비해 소형 권총을 맡겼 고, 오팔은 그 물건들을 비밀 금고에 보관했습니다.

오팔은 그 인물을 속이고, 빈틈을 노려 총으로 쏘 아 죽였습니다. 그 직후에 연인이 저택을 방문해 뒤 처리를 어떻게 할지 둘이 함께 고심했습니다.

결국 남자의 시체를 저택 부지에 묻고 연인은 자 취를 감추었습니다. 상황을 보다가 최대한 빨리 네 곁에 반드시 돌아오겠다는 말을 남기고서.

하지만 일본인 연인은 두 번 다시 돌아오지 않았 습니다. 오팔에게는 가혹한 이야기지만, 분명 원래 부터 그럴 속셈이었겠지요.

한편 오팔은 자신이 죽인 남자가 경찰이나 첩보

기관 직원이라면 느닷없는 실종에 의심을 품고 틀림없이 동료가 찾아오리라고 걱정하며 하루하루를 보냈습니다.

그런데 어찌 된 일인지 그녀를 일본인 스파이의 공범으로 고발하려 드는 사람은 끝끝내 베커님의 저택에 찾아오지 않았습니다. 어쩌면 죽은 남자는 공공기관 소속이 아니라 개인적으로 스파이를 사냥하고 있었는지도 모르겠습니다.

아무튼 세계는 비참한 전쟁의 화염에 휩싸였고 막대한 희생을 치른 끝에 독일이, 이어서 일본이 항복하는 날을 맞이했습니다.

그동안 아버지를 잃고 결국 외톨이가 된 오팔은 연인을 계속 기다렸습니다. 가끔 금고에서 그 악보를 꺼내 피아노를 치며 그를 그리워하는 마음을 달랬지요. 마침내 백 살 가까이 되어 인생의 모든 것이 희미한 안개에 감싸여 사라지는 날까지…….

바로 그런 때 추억의 음악이 들렸습니다. 하지만 음악을 들은 그녀의 머릿속에는 연인과 보낸 달콤한 한때가 아니라 그 무서웠던 파멸의 밤이 되살아났습니다. 그 결과 무슨 일이 일어났는지는 굳이 말 안

해도 되겠지요.

이리하여 증대고모 오팔 코틀랜드의 길고 긴 비극은 드디어 막을 내렸지만, 유일하게 알 수 없는 점이 있습니다. 불운한 앨버트에게 그 악보를 건넨 인물 말입니다. 도대체 어디의 누구일까요?

물론 모임이 열린 자리에 그럴싸한 인물은 없었고, 의뢰인 앨버트 말고는 아무도 그럴듯한 인물을 보지 못했습니다.

만약 그때 저택 부지에서 스쳐 지나간 형체가 그 인물이었다면—아무래도 그런 생각이 듭니다—왜 그때 제대로 보아두지 않았는지 후회가 막심합니다.

예, 스스로 악보 찾기 전문가라 칭하며, 아주 멀리서 온 듯한 그 남자를…….

잘츠부르크의 자동 풍금

1

헬브룬 궁전의 바서슈필레Wasserspiele(깜짝 분수)를 만끽하고 버스로 잘츠부르크 시내에 돌아오자 시간이 멈춰 있었다.

아직 밝은 하늘에서 희끄무레한 빛을 시가지에 뿌리고 있는데도, 주변에 사람은 코빼기도 비치지 않는다고 해도 될 만큼 없었다.

문득 둘러보니 함께 25번을 타고 왔을 관광객들이 보이지 않았다. 그대로 중앙역까지 가버린 걸까. 아니면 다른 방향으로 흩어졌는지도 모르겠다.

정류장 부근은 그나마 도시의 떠들썩함에 감싸여 있었다. 하지만 거리로 발을 들여놓자 달랐다. 진부한 표현이지만 예상치 못하게 시간 여행이라도 떠난 듯한 기분이었다.

퍼뜩 놀라 시선을 돌리자 단 혼자뿐이었다. 방금 전까지 사람들과 함께 보았던 바서아우토마트Wasserautomat(물장난 인형)와 메샤니슈 테아터Mechanisches Theater(자동 극장) 무대는 그렇게나 생생하게 움직였는데, 이곳에서는 모든 것이 꽁꽁 얼어붙었다.

잘츠부르크 구시가지, 잘차흐강 왼쪽 기슭에 해당하는 이 일대에는 묀히스베르크산의 호헨잘츠부르크성이 내려다보는 가운데 대성당과 성聖 페터 수도원 등 중세를 그대로 옮겨 온 듯한 풍경이 펼쳐진다.

하얀 벽, 거무스름한 지붕, 녹색 지붕. 집집의 장식과 길로 튀어나온 가게의 간판도 모두 고풍스럽다. 청결하고 아름다우면서도 인공적이지는 않다.

그리고 무엇보다도 조용하다. 잘츠부르크 대성당과 두 궁전 사이에 자리한 레지덴츠 광장도, 여름마다 화려한 음악제가 열리는 그로세 페스트슈필하우스Großes Festspielhaus(대축제극장)도 그런 곳이라고는 믿기지 않을 만큼 침묵을 지켰다.

아무튼 사람이 적다. 결코 인구 15만의 주도州都라고는 여겨지지 않을 만큼 적적하지 않은가. 게다가 한낮이라 해도 될 만큼 이렇게 밝은데…….

어, 길모퉁이의 세련된 레스토랑 앞에 검정 앞치마를 두른 켈너Kellner(종업원)가 있다. 그런데 가게 앞에 내놓았던 의자와 입간판을 끌어안고 냉큼 안으로 들어가버렸다.

말을 걸 틈도 없이 문이 닫히고 무정하게도 '게슈로센Geschlossen', 즉 '폐점'이라는 팻말만 남았다.

그 밖에도 잠깐 들러보고 싶었던 게트라이데 거리의 상점과 모차르트 생가 등의 명소도 모조리 문을 닫았다.

놀라서 시계를 보니 벌써 오후 7시에 가까웠다. 아아, 이제 곧 하지夏至구나, 하고 깨달았다.

오늘 잘츠부르크의 일출 시각은 오전 4시 4분. 일몰은 웬걸 8시 16분으로, 오후 9시 즈음까지는 어슴푸레하니 밝다.

그 때문인지 장난을 좋아하는 마르쿠스 지티쿠스 대주교의 여름 별궁에서 시간 가는 줄도 모르고 구경을 한 모양이다. 오늘은 처음으로 이용한 초특급

인터시티 익스프레스⁺ 덕분에 꽤 일찍 도착하여 시간을 때울 겸 중앙역 앞에서 버스를 타고 직접 헬브룬으로 향했다.

아무튼 이 나라의 생활에 익숙해졌다고는 하나 폐점법은 생각조차 못 할 벽지에서 왔다 보니, 날이 좀 저물어도 가게가 열려 있을 줄 알았다.

아니, 그런 건 아무래도 상관없다. 마치 시간이 멈춘 것처럼 낮이 영원히 계속돼도 시곗바늘은 사정없이 돌아가고, 약속 시간은 시시각각 다가온다. 호주머니에서 지도를 꺼내 살펴본 후 발걸음을 돌려 부랴부랴 걸었다.

그런데 순간적으로 지금 내가 정확하게 어디에 있는지 확신이 서지 않았다. 위치 식별 기준이 될 만한 글로켄슈필Glockenspiel⁺⁺을 찾아 손차양을 하고 집들 너머로 솟은 탑 꼭대기를 쳐다보거나, 길모퉁이의 안내판에 적힌 글씨에 시선을 집중하며 목적지로 가는 지름길을 찾으려고 했다.

하지만 가도 가도 아무도 없고 문이 꼭 닫힌 거리만 펼쳐졌다. 아무래도 꽤 깊은 곳까지 들어온 듯 저 멀리서 어른거리던 사람들마저 지금은 자취를 감추었다.

걸음을 옮기면 옮길수록 실타래가 풀리듯이 앞쪽에서 흰색 거리가 자꾸자꾸 나타난다. 이대로 미로에 갇히는 것 아닐까. 영원히 목적지에 도착하지 못하는 것 아닐까…….

그런 어이없는 불안감에 사로잡힐 즈음이었다. 갑자기 앞쪽 시야가 탁 트이고 카페 하나가 나타났다.

아주 고풍스러운 석조 건물 앞에 약간 성급하게 켜놓은 램프가 희망의 불빛처럼 눈길을 잡아끌었다.

옆에 걸린 간판에는 깔때기처럼 보이기도 하는 기묘한 소용돌이 문양과 함께 다음과 같은 장식 문자가 새겨져 있었다.

카페 슈피랄레CAFE SPIRALE

틀림없이 오늘의 약속 장소였다.

나는 여기서 고대하던 물건과 마침내 만날 예정이

✦ 독일 및 오스트리아 철도의 고속 열차.
✦✦ 모양이나 크기가 다른 여러 개의 종을 음계 순서로 달아놓고 치는 타악기.

었다. 실은 물건이 아니라 사람과의 만남이 더 중요
했지만.

2

　몇 세기의 역사를 자랑한다는 '슈피랄레'로 들어
가보니 천장은 호화롭고 웅장한 게뵐베Gewölbe(아치
형 천장)였고 내부 구조도 만듦새가 아주 중후했다.
그런 데 비해 음울한 느낌이 들지 않는 것은 창문으
로 외광이 비쳐 들기 때문이리라.

　하지만 그 빛도, 아무래도 늦지 않게 약속 장소에
도착했다는 안도감도, 묘한 불안함 같은 감정을 털
어내주지는 못했다.

　여기에도 역시 인기척이 없었기 때문이다. 바깥
거리와 광장과 마찬가지로 여기도 시간이 멈춘 미궁
의 일부 같은 기분이 들었다.

아니, 그렇지 않았다.

먼저 온 손님이 있었다. 둘러보던 시선이 멈춘 곳, 한쪽 구석 자리에 남자가 한 명 앉아 있었다. 게다가 내가 그를 알아차림과 동시에 웃는 얼굴로 일어나서 가볍게 손짓하는 것이 아닌가.

(혹시 저 사람이……. 그렇다면 드디어 그것이 손에 들어오겠군.)

나는 무심코 중얼거렸다.

사실 오늘 만날 상대와는 편지와 전화로만 연락을 나누어온 터라, 과연 어긋나지 않고 만날 수 있을지 없을지도 확신이 서지 않았다.

하지만 지정된 시간과 장소는 지금 여기가 틀림없고 다른 손님도 없으니, 이 사람이 분명 약속 상대이리라. 나는 이번에야말로 안도하여 그 자리로 다가갔다.

하지만 애타는 마음이 가라앉기에는 시간이 좀 더 필요했다. 왜냐하면 가게 한복판에 아주 큼지막한 그랜드피아노가 떡하니 자리 잡고 있어 그 옆을 돌아서 가야 했기 때문이다.

"이야, 기다리고 있었습니다. 자, 이쪽으로."

정중하게 말을 꺼낸 남자는 마른 체격에 은발을 깔끔하게 매만진 노신사였다. 가까이 가자 호리호리하고 친절한 인상이지만 비취 같은 눈동자에는 심상치 않은 빛이 깃들어 있음을 알 수 있었다.

그보다 더 기이한 느낌을 준 것은 노신사의 옷차림이었다. 검은색 재킷이며, 주름 장식이 달린 셔츠며, 기묘하게 매듭을 지은 타이까지 죄다 시대와 동떨어져 있어 어쩐지 가장행렬에서 튀어나온 것 같은 모습이었다.

무슨 축제 때라면 그러한 모습도 신기하지 않겠지만, 지금 이 거리에 축제는 열릴 낌새도 없다. 다루는 물품이 물품인 만큼 복장을 그에 맞추었는지도 모르겠지만, 정말로 이 사람일까 망설임이 생긴 것도 사실이었다.

"저어, 저는……라고 합니다만, 혹시 그쪽은……?"

내가 머뭇거리며 묻자 속내를 헤아렸는지 노신사는 빙긋 웃으며 짧고 분명하게 대답했다.

"알프레트 크리스테마이어 일로 오셨죠?"

그 이름이 결정적이었다.

"아, 예!"

나는 반사적으로 대답했다. 그러자 노신사는 "암요, 그러시겠죠" 하고 고개를 크게 끄덕거렸다.

"가게에 들어오셨을 때 딱 알아봤습니다. 자, 그쪽에 앉으세요. 우선 마실 건 뭐로 하시겠습니까. 그렇지, 츠바이겔트Zweigelt(적포도주)는 어떠십니까?"

"커, 커피면 돼요."

자리에 앉자마자 연거푸 쏟아지는 질문에 내가 당황하여 대답하자 노신사는 김이 샜다는 듯이 대꾸했다.

"뭐라고요, 커피? 흐음, 그럼 저는 '아인슈페너einspanner(말 한 필이 끄는 마차)'를. 당신은…… 위대하신 이레 마예스테트Ihre Majestät(여황 폐하)에게 경의를 표하는 뜻에서 카페 마리아 테레지아가 어떻겠습니까? 귤 리큐르를 넣고 생크림을 듬뿍 올린 후 사탕을 뿌려서……."

"아니요, 그런 건 좀."

듣기만 해도 어마어마하게 달 것 같아서 나는 정중히 거절했다. 메뉴를 훑어보고 적당한 것으로 선택했다.

"이 카이저 멜랑제로 할게요. 프란츠 요제프 황제

에서 연유했다는, 달걀과 설탕이 들어간……."

"아아, 그렇군요. 역시 저 같은 늙은이와는 다르게 새로운 걸 좋아하시는 듯 보입니다. 헤어 오버Herr Ober(웨이터)!"

노신사는 종업원을 불러서 지금 말한 커피 두 종류와 함께 "잘츠부르거 녹켈른도 두 개" 하고 멋대로 주문을 추가했다.

"이름 그대로 이 지방의 명물이자 이 가게가 자랑하는 과자입니다. 시험 삼아 한번 드셔보세요."

내가 당황하자 노신사는 반쯤 억지로 권했다. 단 음식이 죽어도 싫을 정도는 아니니까 그냥 먹기로 했다.

잠시 후 커피가 나오자―내 커피는 보통 도자기 컵에 담겨 있었지만, 노신사의 커피는 유리잔에 남실남실하게 나왔다―마시는 법에 대해 한바탕 설명이 이어졌다.

"그나저나……."

노신사는 비취 같은 눈으로 나를 바라보면서 말했다.

"알프레트 크리스테마이어의 악보를 원한다고 하

셨는데, 참 진귀한 걸 찾으시는군요. 귀국 사람들도 그를 잘 압니까?"

"아니요, 딱히⋯⋯. 그렇다기보다 거의 모른다고 봐야겠죠. 저도 유럽에 오기 전에는 전혀 몰랐거든요."

내가 그렇게 대답하자 노신사는 "그렇군요⋯⋯" 하고 약간 실망한 듯한 표정을 지었지만 바로 기운을 차렸다.

"하지만 적어도 지금 당신은 알고 계시는군요. 괜찮다면 들려주시지 않겠습니까. 당신과 크리스테마이어, 음, 이미 완전히 잊힌 작곡가와의 관계라고 할까, 잊힌 그의 악곡을 찾으시는 경위에 대해서요."

"⋯⋯알겠어요."

그래서 나는 이야기를 시작했다. 우연히 그 18세기 오스트리아 작곡가를 접하고 흥미를 품게 된 경위를.

상당히 오래전, 내가 아직 음악원에서 공부하고 있을 무렵에 휴가를 이용해 어느 지방을 여행했을 때의 일이다. 마치 옛날 민가 같은 향토자료관을 방문해 썰렁하니 변변치 못한 전시물을 구경하고 있자니, 위층에서 오르간 같으면서도 뭔지 짐작이 가지 않는 소리가 들려왔다.

뭔가 싶어 삐걱대는 계단을 올라가자 1층보다 더 살풍경한 전시실이 나왔다.

소리의 정체는 전시실 한구석의 시계에 장치된 플뢰텐우어flötenuhr(자동 풍금)였다. 오르골과 비슷한 원리로 미리 짜 넣은 음계에 맞추어 파이프를 울리도록 되어 있는 모양이었다.

하이든은 '음악시계를 위한 작품'을 몇 곡이나 썼고, 모차르트도 요제프 다임 폰 슈트리테츠 백작의 의뢰로 〈자동 오르간을 위한 환상곡〉 외 몇 곡을 제공했다고 한다.

특히 모차르트의 곡에는 '시계 속 오르간 장치'나 '작은 오르간 속 원통' 같은 기묘한 제목이 붙어 있어 오랫동안 무슨 의미인지 감이 오지 않았는데, 이런 것이었구나 하고 이해가 갔다.

그런 부차적인 내용은 제쳐놓고 자동 풍금에서는 참으로 경쾌하고 명랑한 멜로디가 흘러나왔다. 오히려 그 때문에 휑뎅그렁한 자료관에 공허하게 울려 퍼졌다.

누가 작곡한 무슨 곡인지 물어보려고 해도 담당자가 없었다. 장치에 달린 금속판의 고풍스러운 글씨를 보고 제조지가 잘츠부르크의 시계 공방이며 작곡가의 이름이 Alfred Christemeijer임을 겨우 알아냈을 때 연주는 끝난 뒤였다.

갑작스레 고요해진 실내를 둘러보자 전시물의 일부인지 아닌지 긴가민가한 나무 상자에 악보 같은 책자가 몇 권 들어 있었다.

악보인가 하는 생각에 역시 흥미가 생겨 너덜너덜한 표지에 장식 문자로 인쇄된 작곡자의 이름을 확인하니 알프레트 크리스테마이어였다.

마음대로 살펴봐도 될까. 다른 전시물과 나무 상자에 든 잡지 따위를 보건대 아무래도 이 자료관은 원래부터 여기에 있었던 개인 물품을 고스란히 인계한 모양이다.

아마도 크리스테마이어는 당시 유명하고 유행에 뒤처지지 않는 작곡가라 자동 풍금에도 곡이 들어갔을 테고, 이런 민가에도 악보가 남아 있는 것이리라.

주변에 사람이 없는 것을 기회 삼아 악보 중 한 권을 살짝 꺼내 당장이라도 찢어질까 봐 조심하며 펼쳐보았다.

그 순간 낡은 음표가 말을 걸었다. 놀라서 다시 볼 새도 없이 악보에 쑥쑥 빨려 들었다.

이상한 표현일지도 모르지만 참으로 흐뭇한 멜로디였다. 가볍고 달콤하고, 때로는 의표를 찔러 나도 모르게 표정이 누그러졌다.

음악이 아직 사람들에게 가까우면서도 멀고 사람들의 마음에 좁고 깊게 뿌리를 내리고 있었을 무렵, 분명 그의 곡은 사람들에게 사랑받았을 것이다. 하지만 시간의 풍화를 견딜 만큼의 수준은 아니었으리라. 그런 연약함도 똑똑히 느껴지는 듯했다.

그렇게 생각하며 다음 악보를 꺼냈을 때였다. 미처 한 소절도 눈에 담지 못했는데 발소리와 함께 누군가가 이쪽으로 오는 기척이 났다.

나는 허둥지둥 악보를 제자리에 돌려놓고, 혹시 자료관의 학예 연구원이나 책임자라면 알프레트 크리스테마이어라는 작곡가에 대해 물어보기로 마음먹었다.

하지만 예상과 달리 상대는 청소부 할머니였다. 아무렇지도 않은 척 관람을 계속하며 다시 악보를 집어 들 기회를 노렸지만, 할머니는 무정하게도 이렇게 말했다.

"문 닫을 시간이야."

휴가가 끝나 음악원으로 돌아온 후, 공부하는 짬짬이 크리스테마이어에 대해 조사해보았다. 하지만 놀랍게도 아무 실마리도 없었다. 어떤 서적을 찾아봐도 그 이름은 눈에 띄지 않았고, 교수에게 물어봐도 이름을 아는 사람은 없었다.

아니, 딱히 놀랄 일은 아니었다. 클래식으로만 한정해도 날마다 방대한 양이 연주되므로 감상자는 마음만 먹으면 매일이라도 새로운 작곡가의 새로운 작품을 접할 수 있다.

하나 그래봤자 전체의 극히 일부에 지나지 않는다. 나는 연주회를 열 때 다른 사람들에 비해 꽤나 비주류 쪽에도 눈길을 주어 파묻힌 곡을 발굴하려고 애쓰지만 거기에도 한계가 있다. 애당초 완전히 사라진 곡은 발굴할 길이 없으며, 그러한 곡이 압도적으로 많다.

설령 아무리 뛰어난 작품이더라도 백 곡 중 아흔아홉 곡은 잊혀 처음부터 없었던 것처럼 취급받는다. 살아남지 못한 곡들의 운명은 비참하다.

음악에 한정된 이야기가 아니다. 셰익스피어의 시대에 셰익스피어만 있었겠는가. 찰스 디킨스의 시대에도 무수히 많은 디킨스가 시대와 자기 자신과 싸우며 심혈을 기울여 글을 썼을 것이다.

셰익스피어나 디킨스에 비해 작품이 치졸하다고 비판당한다면 그나마 다행이다. 아예 없었던 걸로 취급된다. 얼마나 굴욕적이고 억울할까. 생전에 영예와 금전을 얻은 사람들도 그러할진대, 무명의 설움과 불우한 환경에 괴로워하며 미래에 희망을 건 사람들은 영원히 원통함을 풀지 못할 것이다.

후세 사람들은 그러한 꼴을 면한 한 줌의 작품만을 보고, 처음부터 그것밖에 없었다고 받아들인다. 없는 취급을 당한 사람들이 얼마나 고군분투했든, 그들이 작품을 통해 얼마나 광채를 뿜어냈든 알 바 아니다.

원래 음악은, 더구나 내 생업인 연주는 태어난 순간 공중으로 사라진다.

설령 일생에 단 한 번, 신에 필적하는 명연주를 펼치더라도 그 자리에 그 가치를 이해할 감상자가 없다면 그 연주는 존재하지 않았던 셈이다.

그러한 비극에 간신히 항거할 수 있는 방법이 악보다. 특히 녹음 기술이 없었던 시절에는 후세에 남길 방법이 악보뿐이었다.

그리고 악보를 통해 사라진 음을 되살려 잊힌 재능을 부활시킬 수 있는 사람이 바로 우리 연주가들 아닐까.

그러므로 나는 악보를 찾았다. 작품과 작곡가는 흔적도 없이 스러졌을지언정 악보만 남아 있으면 어떻게든 된다. 그렇게 생각하고 연주 활동을 하는 한편으로 묻힌 곡을 탐색하여 수집하는 데 애썼다.

두말할 나위도 없이 그 중심은 그날 만난 알프레트 크리스테마이어였다.

그 후 나는 그의 곡을 접한 향토자료관을 다시 방문했다. 변함없이 보관 상태가 허술하지만 여전히 제자리에 남아 있던 악보를 복사하고, 특별히 부탁하여 자동 풍금에 내장된 선율을 악보로 옮기기도 했다.

얼마 지나지 않아 자료관이 폐관되어 철거당했다는 소식을 들었을 때는 위험했다 싶어 가슴이 철렁했다.

건물이 노후한 데다 시계에 장치된 자동 풍금이 망가져서 더 이상 작동하지 않자 자료관 운영을 단념한 모양이다. 그 음색을 더 이상 듣지 못하다니 두고두고 안타까웠다.

다행히 실마리가 이 세상에서 완전히 사라진 것은 아니었다. 가끔 생각난 것처럼 크리스테마이어에 관한 실마리가 나타나, 몇 년이나 공을 들인 끝에 그의 악곡을 발굴하는 데 성공했다.

그래봤자 그 수는 얼마 되지 않고, 소나티네,* 바가텔,** 아리에타,*** 미뉴에트****처럼 아담하고 귀여운 곡뿐이다. 바로 그렇기 때문에 당시 사람들에게 사랑받았을지도 모르고, 빨리 낡아서 잊히는 결과를 불렀는지도 모른다.

---

* 악장의 규모가 작고 짧은 소나타.
** 가벼운 피아노 소곡.
*** 소규모의 아리아.
**** 4분의3 또는 8분의3박자의 우아하고 약간 빠른 춤곡.

하지만 참으로 사랑스러운 음악이기는 했다. 가볍다고 하면 어폐가 있지만, 소품이기에 좀 더 들어보고 싶어졌고 다른 사람들도 분명 그럴 것이라고 상상했다.

그래서 그 곡들을 내 연주회에서 다루었고, 자비로 시디도 제작했다. 하지만 반응은 시원치 않았다. 뭐, 어쩔 수 없는 일이기는 하다.

하지만 계속 관심을 가지고 촉각을 곤두세운 보람이 있었다. 이러저러하는 사이에 나는 크리스테마이어에게 〈벤델트레페Wendeltreppe〉라는 대작이 있다는 사실을 알아냈다. 그리고 그것이 그의 유작이라는 사실도.

벤델트레페, 즉 나선계단. 참으로 의미심장한 제목 아닌가. 게다가 그 곡을 끝으로 그의 소식이 두절되었다면……

당연히 나는 그 작품을, 과연 현존하는지조차 알 수 없는 그 곡의 악보를 찾기 시작했다.

하지만 아무 실마리도 없었다. 물론 그 일에만 매달린 게 아니라 크리스테마이어보다 훨씬 유명하고, 많은 사람들이 찾는 작곡가의 작품을 연주하느라 바

빠서—그런데도 주위 사람에게 "좀 더 인지도가 높은 작곡가의 귀에 익은 작품을 다루면 좋을 텐데"라는 쓸데없는 충고를 받으며—문득 정신을 차리자 몇 년이나 지났음에 놀랐다.

그렇듯 공백의 나날이 헛되이 쌓여가던 어느 날, 친구 음악가가 어떤 인물에 대해 들려주었다.

친구는 내 별난 호기심에 어이없어하고 지금까지 헛수고를 거듭했음을 동정하다가 설령 바람이 이루어지더라도 큰 이득은 없으리라 타이른 후에 이렇게 말했다.

음악 관련, 특히 악보 찾기를 전문으로 하는 남자가 있다는데, 그 사람에게라도 부탁해볼래?

설명이 어째 애매모호했는데, 친구도 악보 탐색인과 직접 아는 사이는 아니었기 때문이었다. 그래도 여러 다리를 건넌 끝에 그 남자에게 의뢰 메일을 보내는 데는 성공했다.

답장은 바로 왔다. 그리고 한동안 뜸하다가 신기하게도 내가 빈에 머물고 있을 때 일을 마무리했다는 소식이 전자의 바다를 건너 도착했다.

그리하여 나는 빈 서역에서 열차를 두 시간 22분

타고 잘츠부르크에 왔다. 그리고 지정된 시각, 지정된 장소에서 이 노신사와 만났다.

3

"……그렇게 된 거예요."

내가 이야기를 매듭짓자 노신사는 고개를 크게 끄덕였다.

테이블에 놓인 접시에서는, 리큐르를 넣어 잔뜩 부풀린 머랭 거품과 커스터드크림을 듬뿍 올려 큼지막한 그라탱 접시에다 정성껏 구워낸 잘츠부르거 녹케른이 엄청난 존재감을 과시했다. 하지만 그것도 잠깐, 노신사가 냉큼 나이프로 잘라 덥석덥석 입에 넣었다.

만들어서 바로 먹어야 제일 맛있으므로 나도 머뭇머뭇 설탕 가루가 눈처럼 쌓인 '산'을 무너뜨리는 데

나섰다. 그때 노신사가 갑자기 손과 입을 쉬는가 싶더니 말을 꺼냈다.

"그런데 〈벤델트레페〉라는 작품에 흥미를 가지신 건, 그게 알프레트 크리스테마이어의 마지막 작품이기 때문입니까? 그 남자가 외국인인 당신에게 뭔가 큰 의미라도 있다는 말씀이신가요?"

이럴 줄 알았으면 더 쓴 커피를 시킬 걸 그랬다고 후회할 만큼 다디단 나흐슈파이제Nachspeise(디저트, 후식)에는 어울리지 않는 따끔한 질문이었다.

"글쎄요……. 물론 그가 살면서 남긴 마지막 작품이기도 하고, 말씀하신 대로 무슨 의미는 있었을 거예요. 경력도 제대로 모르는 그에게 흥미, 아니 오히려 공감이랄까 어쩐지 남 같지 않은 감정을 느꼈다는 점에서는요."

"호오, 자세히 말씀해주시겠습니까?"

노신사는 다시 포크와 나이프를 놀리며 시선만 살짝 들었다. 나는 뜻밖에도 형형한 눈빛에 약간 겁을 먹으면서도 대답했다.

"음악을 잘 모르는 우리 나라 사람에게 말하면 반드시 놀라는 이야기가 있는데요, 모차르트와 베토벤

이 고작 열네 살 차이였다는 사실이에요."

"오호, 그렇게 뻔한 일에 놀라다니 오히려 그게 더 놀라운걸요."

"그러시겠죠. 왜 그들이 그렇게 명백한 역사적 사실에 놀라느냐 하면 모차르트가 〈아마데우스〉라는 연극으로도 친숙하듯이, 요제프 2세의 궁정 연극에 등장할 법한 인물로서 기묘한 가발과 화려한 자수가 들어간 긴 옷으로 꾸민 이미지인데 비해, 베토벤은 남겨진 초상화만 보아도 훨씬 근대적인 사람으로 느껴지기 때문이에요. 이건 당시, 그러니까 18세기 말에서 19세기 초에 사회와 음악가 본연의 모습이 격변했기 때문인데······."

"뭔지 알겠습니다. 왕이나 귀족들을 섬기느라 늘 정식으로 신하의 복장을 갖추어야 했던 궁정 작곡가에서, 신흥 시민계급의 주문에 응해 생계를 꾸림으로써 겉모습을 꾸밀 필요가 없는 독립 작곡가로 변화했다는 말씀이시군요."

노신사가 끼어들었다. 정확하게 잘 짚었다. 아버지 레오폴트의 의향으로 궁정에 보내진 모차르트도 도중부터 프리랜서 작곡가를 지향했고, 베토벤은 오랜 세월 에스텔하지 후작 밑에서 음악감독으로 일한 스승 하이든 같은 길은 아예 처음부터 지향하지 않았다.

"네⋯⋯." 나는 고개를 끄덕였다. "그 이상으로 음악 자체가 극적으로 변하는 중이었어요. 가장 대중적인 악기인 피아노조차 아직 완성되어가는 과정이었는지라 지금은 여든여덟 개로 확정된 건반도 그 수가 훨씬 적었죠."

"예, 그랬죠."

노신사는 바로 그거라는 듯이 맞장구를 쳤다. 그리고 뭔가에 씐 듯한 투로 말을 이었다.

"1700년 무렵 이탈리아의 바르톨로메오 크리스토포리가 발명한 '아르피쳄발로'는 건반이 고작 쉰네 개, 음역은 C2에서 F6에 불과했습니다. 모차르트 시절에는 요한 안드레아스 슈타인이 제작한 '포르테피아노'에서 예순한 개로 늘어났고요. 19세기로 들어서면 드디어 베토벤의 시대인데요, 그는 처음에 프랑스의 세바스티앵 에라르가 고안한 건반 예순여덟 개짜리 피아노를, 다음으로 영국의 존 브로드우드가 고안한 건반 일흔세 개짜리 피아노를 사용했습니다.

그리고 콘라트 그라프가 빈의 공방에서 건반 일흔여덟 개짜리 피아노를 보냈는데, 베토벤에게는 이것이 마지막이자 음역대가 가장 넓은 작곡 도구로……. 아, 이거 실례했습니다. 계속하시죠."

"그, 그야말로 지금 말씀하신 대로."

나는 물 흐르듯 지식을 쏟아내는 노신사의 모습에 몰래 혀를 내두르며 이야기를 계속했다.

"알프레트 크리스테마이어는 그렇듯 변동이 왕성했던 시기에 음악가로 활동했어요. 왜 이런 이야기를 꺼냈느냐 하면 젊을 적에는 관심도 없었던 일이 요즘 자꾸 머릿속에 떠올라서 그래요. 그런 시대에 태어난 음악가는 기분이 어땠을까요? 인생을 걸고 죽어라 공부해서 쌓아 올린 성과가 허무하게 낡아버려 쓸모없는 것으로 취급받는 기분은……."

"그러게 말입니다. 결코 유쾌하지는 않았겠죠."

노신사가 말허리를 끊듯이 끼어들었다. 너무 갑작스럽고 말투도 심각했는지라 나는 무심코 상대의 얼굴을 바라보았다.

하지만 그때 이미 노신사는 조금 전과 다름없이 온화한 표정으로 되돌아가 한없이 상냥한 투로 말을 이었다.

"과연, 당신의 마음은 잘 알겠습니다. 그럼 원하신 〈나선계단〉에 대해 제가 아는 바를 말씀드리죠. 이걸 작곡한 남자의 생애에 대해……. 아니면 한시라도 빨리 악보만 받아 가고 싶으십니까?"

"아니요, 그런 건 아니고요."

나는 부리나케 고개를 저었다. 결코 노신사에게 예의를 차리거나, 노신사의 기분이 상할까 봐 겁나서는 아니었다.

"그 사람에 대해 판명된 사실이 있다면 꼭 듣고 싶어요."

진심으로 말하자 노신사는 만족스러운 듯 고개를 끄덕였다.

"그러시군요, 좋습니다. 아, 그 전에 잠깐……. 헤어 오버!"

종업원에게 커피를 한 잔 더 달라고 부탁한 후, 노신사는 이런 옛날이야기를 시작했다.

*

"알프레트 크리스테마이어는 있는 그대로 말하자면 이류 음악가였습니다. 재기가 넘치는 독설가였지만 고독과 열등감에 끊임없이 몸부림치는 평범한 젊은이에 지나지 않았죠.

음악학교를 준수한 성적으로 졸업한 후 궁정 작곡가를 넘어 궁정 악장이 되겠다고 주변에 호언장담했지만, 자신에게는 그럴 재능도 인망도 없다는 걸 잘 알았고 더 이상 그런 시대가 아니라는 것도 체감하고 있었습니다.

그렇다고 빈의 음악계에 화려하게 등장할 자신도 없었으니, 기껏해야 잘츠부르크에 머무르며 용돈벌이 삼아 소품곡이나 통속적인 곡의 악보를 쓰는 것이 고작이었습니다. 그래도 그에게는 두 가지 소망이 있었죠.

하나는 늦은 밤에 하숙집에서 남모르게 쓰고 있는 '필생의 대작'을 완성하는 것. 또 하나는 짝사랑하는 아가씨에게 마음을 전하는 것이었습니다.

아가씨의 이름은 에리카. 게트라이데 거리에 가게를 낸 유명한 우어마허Uhrmacher(시계공)의 외동딸이었죠.

가녀리고 늘 어쩐지 쓸쓸해 보이지만, 가끔 웃음을 지으면 눈부시게 빛나는 그 모습에 알프레트는 완전히 매료됐습니다. 즉시 사랑의 노래를 지었지만 공교롭게도 그녀에게 들려줄 방도가 없었습니다.

알프레트는 그녀를 만나고 싶은 마음에 부모님의 유품인 회중시계를 가지고 뻔질나게 시계 공방을 드나들었죠. 그래서 회중시계만은 결코 전당포에 맡기지 않을 정도였습니다. 너무 자주 청소하고 조정한 덕분에 톱니바퀴는 늘 반짝반짝했고, 잘츠부르크의 어떤 시계보다도 정확한 시간을 가리켰다고 합니다. 이건 사실인지 아닌지 모르겠지만요.

에리카의 아버지는 전형적인 장인의 기질을 갖고 있어서 실력은 좋았지만 고집이 심해, 종종 손님과 싸웠고 수지타산이 맞지 않는 일도 자주 맡았습니다. 실력이 최고라는 평판은 들었지만 공방 사정은 아주 어려웠죠.

그의 아내, 그러니까 에리카의 어머니는 오래전에 돌아가셔서 에리카가 아버지의 수발부터 공방 살림까지 도맡아 했습니다.

어느 날 에리카 아버지의 가게를 방문한 알프레

트는 마침 손님으로 와 있던 어느 귀족 도련님과 안면을 텄고, 뜻밖에도 의기투합했습니다. 알프레트는 아주 서민적인 술집과 식당 등 제집 안방처럼 편하지만 도련님에게는 몹시 신기한 곳을 돌아다니며 공짜 밥과 공짜 술을 얻어먹고 자신의 음악적 재능에 대해 허풍을 떨었습니다.

물론 후원자를 얻고 싶다는 꿍꿍이속이었는데요, 이 꿍꿍이속에는 방금 전에 말씀드린 두 가지 소망이 얽혀 있었습니다. 생활에 여유가 생겨 '필생의 대작'을 완성하면 연주회장과 악사들을 빌려 당당하게 공연하겠다는 뻔뻔한 생각이었어요.

사랑하는 에리카도 빼놓을 수는 없죠. 도련님의 높은 명성과 두둑한 지갑에 의지해 무사히 신진 음악가로서 세상에 진출하여 호주머니 사정이 나아지면, 마을에서 제일가는 재봉집에 고급 옷을 주문해서 입고 당당하게 '에리카 씨를 아내로 맞이하고 싶습니다' 하고 말하러 갈 작정이었습니다.

어쨌거나 에리카의 아버지는 몹시 완고하고 고지식한 사람이라, 알프레트처럼 땀 흘려 일하지 않고 빈둥거리며 매문업자나 마찬가지로 실속 없는 곡이

나 써서 먹고사는 수상쩍은 놈팡이들을 아주 싫어했습니다. 망가지지도 않은 싸구려 회중시계를 매일같이 들고 와서 수리며 조정을 부탁한다고 해결되는 문제가 아니었죠.

알프레트에게는 그러거나 말거나, 에리카에게도 결코 관대한 아버지는 아니었습니다. 딸이 가게 경영에 관해 의견을 내도 일절 귀를 기울이지 않았고, 딸이 싹수를 보이며 아버지의 뒤를 잇기를 바라도 여자라는 이유로 도구 하나 건드리지 못하게 했습니다.

그러는 사이에 장사는 더더욱 막다른 곳에 몰렸고 빚은 하루가 다르게 불어났지만, 알프레트는 그런 줄 몰랐습니다. 에리카가 알프레트를 신뢰했다면 상의까지는 아니더라도 불평 한마디쯤은 했을 텐데요…….

자, 그런 줄도 모르는 알프레트는 절실하지만 몹시 염치없는 속셈을 품고 도련님과 깊은 친교를 나누었습니다. 보람이 있었는지 알프레트는 어느 날 다음과 같은 의뢰를 받았습니다.

'알프레트 크리스테마이어, 날 위해 곡을 하나 써주지 않겠나. 우리 집에 모실 손님들이 좋아할 만한

걸작을 부탁하네.'

이 말을 듣고 알프레트가 어찌 놀라지 않을까요. 어쩌면 저택 연회장에서 악단을 지휘하는 명예를 얻을 수 있을지도 모릅니다. 그래서 '필생의 대작'은 책상 구석에 밀어놓고 즉시 주문받은 곡의 제작에 착수했습니다.

이윽고 완성한 곡을 저택에 헌상하러 가자 도련님은 아주 흡족해했습니다. 호주머니가 빵빵하도록 많은 돈을 하사받아 재봉집은 제쳐놓고 바로 게트라이데 거리에 있는 시계 공방으로 달려가보니 어쩐 일인지 시계 공방의 간판이라 할 수 있는 에리카가 보이지 않는 게 아니겠어요?

에리카 아버지에게 물어보자 그는 노골적으로 못마땅한 표정을 지었습니다. 그래도 끈질기게 에리카는 어디 갔느냐고 묻자 결국 울화통을 터뜨렸죠.

'나가! 에리카는 이제 여기 없어. 그러니까 다시는 오지 마. 이제 회중시계도 안 고쳐줄 거야!'

에리카 아버지는 불호령을 내리더니 알프레트를 가게 밖으로 쫓아냈습니다.

알프레트는 뭐가 뭔지 영문을 알 수 없었습니다.

하지만 얼마 지나지 않아 알게 됐죠. 도련님이 하녀라는 명목으로 에리카를 데려가 애첩으로 삼았다는 사실을. 그것만으로도 몹시 가슴에 사무치는 이야기입니다만, 더 충격적인 사실이 있었습니다.

도련님은 에리카를 데려가면서 물론 거액의 돈을 지불했지만, 실은 그뿐만이 아니었습니다. 아버지에게 사례하는 의미에서 역시 거금을 지불하고 자동 풍금을 특별 주문했습니다.

게다가 놀랄 만한 일이 또 있습니다. 그 시계 속 장치는 다름 아닌 알프레트 크리스테마이어가 만든 곡을 연주했습니다. 네, 그가 의기양양하게 작곡하여 받은 보수로 에리카에게 청혼하려 했던 작품 말입니다.

이 얄궂은 사실을 알게 된 알프레트는 당연히 절망하여 미친 듯이 날뛰었습니다. 에리카를 만나 속마음—아무래도 그의 바람과는 달랐겠지만—을 확인하려다가 저택 사람에게 거절당했고, 자동 풍금만이라도 망가뜨리려다가 끝내는 반쯤 죽도록 두드려 맞았습니다.

그 마당에 이르러서야 그는 현실을 받아들였습니

다. 더는 잘츠부르크에 머물 수 없어 여러 나라를 방랑하다 어느 도시의 한구석에 자리를 잡았죠.

거기서 그는 다른 사람이 된 것처럼 공부에 매진했고, 실은 말만 앞섰지 변변한 진전이 없었던 '필생의 대작'을 쓰는 일에 몰두했습니다. 그리하여 마침내 〈나선계단〉을 완성해 위대한 예술가로서 영예를 얻고 지위를 확립했다면 진부하더라도 흐뭇하고 누구나 만족할 이야기가 됐겠지만 공교롭게도 그 이야기는 절반밖에 실현되지 않았습니다.

마음을 단단히 먹고 노력하고 분투한 끝에 마침내 염원하던 작품을 완성시키기는 했습니다만 마지막 부분은 꿈으로 끝났죠. 알프레트 크리스테마이어는 그럭저럭 괜찮은 평가를 받고 나름대로 나쁘지 않은 삶을 손에 넣었으나 정상에 다다르지는 못하고 결국 이류 작곡가로서 생을 마쳤습니다.

여담으로 에리카라는 아가씨는 호사스러운 삶을 손에 넣었지만 요절했다고 합니다. 아마도 유행병 같은 것에 걸렸겠죠. 어쩌면 도련님의 부인이나 약혼자가 독을 먹였는지도 모르지만 당시도 그랬거니와 하물며 이제는 진상을 알 방도가 없습니다…….

제 이야기는 이걸로 끝입니다. 어, 왜 그러시죠? 이렇게 흔해빠진 이야기에 뭔가 마음을 움직이는 부분이라도?"

4

마음을 움직이는 부분이 없지는 않았다.

일단 내가 향토자료관에서 본 자동 풍금은 어쩌면 노신사의 이야기에 나온 것과 같은 물건이 아닐까 싶다. 그렇다면 내가 크리스테마이어의 음악을 접하는 계기가 된 그 낡은 시계 속 장치는 그의 인생에 중대한 전환점이었던 셈이다.

그렇다면 더더욱 그와 그의 음악에 흥미가 솟고, 유작이라는 〈나선계단〉도 한층 큰 의미를 띤다.

아니, 그게 아니다. 그것보다 더 크게 내 마음을 움직이고 뒤흔든 의문이 있었다.

"저어……"

나는 머뭇머뭇 노신사에게 말을 꺼냈다.

"뭔가요?"

"저는 여기서 누구랑 만나기로 약속했는데요."

"네, 저도 그렇습니다."

노신사는 상냥하게 대답했다. 나는 과감하게 더 파고들기로 했다.

"그런데…… 그 상대가 당신은 아닌 것 같아서요."

"하지만 당신은 알프레트 크리스테마이어의 악보 때문에 여기에 오셨죠?"

"그건…… 그렇지만. 그럼 당신은?"

나는 침을 꿀꺽 삼키고 물었다.

"물론 저도 그렇고말고요. 왜 아니라고 생각하셨을까요?"

노신사의 답변에는 한 점의 거리낌도 없었다. 나는 안도함과 동시에 더욱 혼란을 느꼈다.

"아니, 그건……. 그럼 이제 그만 보여주시지 않겠어요? 그, 크리스테마이어가 작곡한 〈나선계단〉의 악보를."

"그건 안 되겠군요."

노신사는 지극히 덤덤하게 대답했다.

나는 무심코 "그렇군요" 하고 대답한 후 깜짝 놀라 몸을 뒤로 젖혔다.

"안 되다니 도대체 무슨 말씀이세요!"

내가 당황하여 묻자 노신사는 태연하게 더욱 놀랄 만한 말을 던졌다.

"예? 그야 그럴 수밖에요. **저도 당신처럼 〈나선계단〉의 악보가 도착하기를 여기서 기다리고 있으니까요.**"

"엇, 그건 도대체 무슨……?"

내가 더 캐물으려고 했을 때였다. 노신사가 갑자기 내게서 눈을 돌렸다.

"호랑이도 제 말 하면 온다더니, 저기 **그 사람**이 왔네요."

그렇게 말하며 손가락으로 가리킨 곳을 보니, 때마침 가게 문이 열리고 그랜드피아노 너머로 한 사람이 눈에 들어왔다.

날이 좀 저물기는 했지만 아직 환한 햇빛을 등진 탓에 얼굴도 전체적인 윤곽도 그림자처럼 어두워서 어떻게 생겼는지 잘 알아볼 수 없었다.

잠시 후 우리 자리까지 온 **그 남자**는 허리를 깊이 숙여 인사한 뒤 들고 있던 가방에서 천천히 커다란 봉투를 꺼냈다.

그 사람이 뭐라고 말한 것 같았지만, 봉투와 거기서 꺼낸 낡은 종이 다발에 시선이 못 박혀 내용은 기억이 잘 안 난다. 다만 그다음 한마디는 멀리서 들려오는 시계 종소리처럼 은은하게 울리며 내 고막을 흔들었다.

"오래 기다리셨습니다. 이것이 알프레트 크리스테마이어가 작곡한 〈나선계단〉의 자필 악보입니다……."

그 후의 일은 안개에 감싸인 것처럼 흐릿하다.

다만 건드리면 끄트머리부터 바스러질 것 같은 오선지에 쥐색으로 퇴색된 잉크로 적힌 음표를 눈으로 좇는 동안 놀라움이 등골을 스쳤고, 가슴속에 감동이 스며들어 퍼져나간 것만은 확실하다.

(이, 이건 그 자동 풍금의……)

그렇다, 예전에 처음으로 접한 크리스테마이어의 곡이 틀림없었다. 다만 그건 장치의 구조상 제약이 있어 아주 짤막했지만, 이건 훨씬 길고 사용된 모티프의 변화가 풍부했다.

하지만 더욱 중요한 것은 첫머리에 적힌 글씨였다.

〈DIE WENDELTREPPE〉

Erika gewidmet

에리카에게 바친다. 그 말이 의미하는 바는 명백했다.

마음속에서 다양한 것들이 하나로 이어졌다……고 느꼈을 때 나는 이미 정신없이 음표를 좇고 있었다.

다섯 개의 선을 타고 질주하는 음표들은 마치 차창을 지나가는 풍경 같았다. 더구나 음표들은 끝없이 변화하며 기민하게 다양한 색채를 포개어나갔다. 사람에 따라서는 촐랑거린다고 평가하거나 아양을 떤다고 비난할, 이러한 요소 때문에 일류 작곡가는 되지 못했는지도 모르지만…….

한 장 또 한 장 넘기는 사이에 새로운 인상이 싹텄다. 이건 직선을 쭉 내달리는 것이 아니라 원환 운동이다. 그것도 막혀 있지 않고 위로 뻗어나가는 느낌. 바로 나선계단이다.

그리고 마지막 페이지. 하지만 여기서 악상은 갑

자기 속도를 잃는다. 한 악구*마다 한 옥타브씩 올라가다가 한계점에 다다라 같은 높이로 반복된다. 상승은 중단되고 나선 운동은 막힌 원환 운동으로 수렴되어 이윽고 느닷없이 끝났다.

그다음에는 펜으로 글씨를 괴발개발 휘갈겨 써놓았다. 나는 아무래도 읽어낼 자신이 없었지만, 가위표를 난폭하게 직직 그은 부분도 있어 글에 담긴 분노와 원통함은 여과 없이 전해져왔다.

"이건 혹시…… 미완성 작품?"

실망 섞인 불길한 말소리가 나도 모르게 입에서 새어 나왔다.

오해하기 십상이지만 우리 연주자가 원본 악보를 수정하는 일은 금물이다. 과거의 작곡가가 엄격한 제한을 두고 악보를 썼는데, 후세 사람이 제한을 풀어버려서는 안 된다. 하물며 미완성 악보에 손을 대는 짓은…….

그때였다. 옆에서 노신사가 무거운 목소리로 나지막하게 말했다. 오늘 이야기하면서 이렇게 비통한 음색은 처음으로 들었다.

"그래요, 이건 불완전한 작품입니다. 이 작곡자는

에리카라는 불행한 아가씨의 혼을 위로해 천상으로 올려 보내려고 했어요. 언젠가 자신도 천국의 문으로 가서 그녀와 재회하려고 했죠. 이건 그러기 위해 하늘에 놓은 나선계단입니다. 그렇지만 나선계단을 놓기에는 그의 재능이 모자랐습니다. 그보다도 시대의 제약이 나선계단을 놓는 걸 용납지 않았죠."

"시대의 제약? 혹시 아까 말씀하셨던?"

나는 노신사의 그 말을 놓치지 않고 따져 물었다. 노신사는 고개를 끄덕였다.

"네, 피아노의 한계입니다. 그가 살던 시대의 피아노는 건반이 예순 개에서 일흔 개 내외였습니다. 그걸 넘어서는 음은 칠 수 없고, 치지 못하는 음은 의미를 얻지 못하죠. 그래서 거기에서 단념할 수밖에 없었던 겁니다. 연주가 가능한 음역에 들어가도록 악보를 수정하여 곡 자체를 바꾸는 임시방편은 물론 논외고요."

"그런……."

나는 그만 말문이 탁 막혔다. 하지만 충분히 이해

✦ 악상을 나타내는 자연스러운 한 단락의 선율선.

가 가는 일이기는 했다.

모차르트와 베토벤은 그때까지의 작곡가들과 달리 자신의 감성만을 믿고 머릿속에 울려 퍼지는 선율을 오선지에 옮기려고 했다. 따라서 이따금 기존 악기의 음역을 뛰어넘는 탓에 갈등과 타협이 발생했다.

그들에게는 미치지 못할지언정 크리스테마이어도 동시대를 살았던 예술가다. 일찍이 한 아가씨에게 바쳤던 열렬한 사랑이 그의 머릿속에 천상으로 이어지는 나선계단을 탄생시켰고, 바로 그렇기에 어떤 타협안도 받아들일 수 없었던 것이다.

"아, 하지만."

나는 문득 생각이 나서 입을 열었다.

"당시야 어쨌든 간에 현재 피아노 건반은 여든여덟 개, 음역으로 따지면 A0에서 C8까지예요. 혹시 그걸로 연주하면 좀 더 높게 올라갈 수 있지……."

"안 됩니다."

노신사는 단호하게 내 말에 반대했다.

"그렇게 해서 될 것 같으면 이 고생을 안 하죠. 현대의 피아노로도 필요한 음역에 도달하지 못해서 제가 **여태 여기 있는** 겁니다."

나는 귀를 의심했다. 지금 이 사람이 뭐라고 한 거지? 설마, 설마 이 노신사가 알프레트 크리스테마이어……? 아니, 그럴 리 없다.

곤혹과 혼란이 머릿속을 휘저었다. 그때였다.

"그럼 **저것**으로 시도해보시면 어떨까요?"

악보를 여기로 가져온 남자가 카페 한복판에 자리한 그랜드피아노를 가리키며 갑자기 말을 꺼냈다.

"알고 계셨습니까? 사실 저 피아노는 좀 특수합니다. 그래서 여기를 약속 장소로 잡은 겁니다만……. 가게 사람에게는 미리 양해를 구했으니, 자, 연주를 부탁합니다!"

그 말에 이끌리듯 나는 자리에서 일어나 피아노로 비슬비슬 다가가서 뚜껑을 열었다. 건반을 보고 놀라지 않을 수 없었다.

건반이 여든여덟 개인 피아노를 세상에 처음으로 내놓은 빈의 뵈젠도르퍼사에 '임페리얼'이라고 이름 붙여진 최상급 기종이 있다. 가장 큰 특징은 건반 왼쪽 가장자리에 줄지은 새카만 키 아홉 개다. 그만큼 저음역이 확대되어 보통 피아노는 '라'부터 시작하지만 이건 '도'부터 시작하는데, 이는 인간의 가청

음역을 한참 밑도는 저음이다. 물론 그렇게 만든 데는 다 이유가 있다. 바흐의 오르간곡을 편곡할 때 기존 피아노로는 아무래도 표현이 불가능한 부분이 있었기 때문이라고 한다.

그런데 지금 내 눈앞에는 오른쪽 가장자리, 즉 고음부에 쳄발로의 건반처럼 흑백이 거꾸로 된 건반이 배열되어 있었다. '임페리얼'을 따라 하자면 전부 새하얗게 만들어야 할지도 모르지만, 그래서는 인접한 흰색 건반과 헷갈리기 때문이리라.

어느 시대인지는 모르지만 아무래도 이 지방의 호사가가 의뢰해서 제작한 것을 훗날 이 가게에서 인수한 모양이다. 나중에 듣기로는 어떤 귀족의 명령이라거나 비전문가인 시계공이 솜씨를 발휘했다는 전설도 있다는데…….

머뭇머뭇 그 건반 중 하나를 눌러보자 거의 들릴락 말락 한 소리가 희미하게 울렸다.

"그래, 혹시 이거라면……."

그렇게 중얼거린 것이 나였는지 아니면 등 뒤의 노신사였는지조차 구별이 안 될 만큼 마음을 빼앗겼다.

빨려들 듯 의자에 앉았다. 그러자 손이 쑥 튀어나

와 보면대에 낡은 악보를 얹었다. 나는 돌아보지도 않고 고개를 끄덕인 후 천천히 심호흡을 하고 나서 연주를 시작했다.

누군가가 어디서 한숨을 쉰 듯한 기분이 들었다.

방금 전에 머릿속에서 울려 퍼진 멜로디를 충실히 재현하며 나선계단을 단숨에 뛰어올랐다. 아니, 내가 뛰어오른 것이 아니라 피아노에서 튀어나온 나선계단이 빙글빙글 돌면서 하늘로 뻗어나가는 것 같았다.

이윽고 마지막 부분에 접어들자 악보에서는 같은 높이로 되풀이되는 선율을 한 옥타브, 또 한 옥타브 높이면서 마침내 기존 피아노의 한계를 넘어선 높이로……!

내 손가락은 검은색 흰 건반, 흰색 검은 건반 사이를 쏜살같이 달려 더 오른쪽으로 나아간다. 모티프가 반복될 때마다 나선계단은 위로 더 뻗어나간다. 그리고 마침내…….

그때 내 머릿속에 빛나는 뭔가가 떠올랐다. 천국의 문이 있다면 아마도 바로 그것이었으리라.

그리고 이 신기한 피아노로 연주한 선율이 이류 작곡가 크리스테마이어와 그가 사랑한 아가씨 에리카를 그 높은 곳까지 이끌었는지 나로서는 알 수 없는 일이었다.

*

퍼뜩 정신을 다잡고 보니 카페는 어둑어둑했다. 하지 직전의 그토록 길디긴 낮도 드디어 끝을 맞은 모양이다.

이 악보를 가져온 남자와 보수 등등의 이야기를 하면서 주변을 힐끔거렸지만 노신사의 모습은 어디에도 없었다.

아직 잘츠부르크에 볼일이 있다는 남자와 헤어진 후에야 그에게는 노신사가 어떻게 보였는지 궁금해졌지만, 이제 물어볼 방도는 없었다.

빈으로 향하는 고속 열차 레일제트에 탑승해 그 악보를 살며시 꺼냈다가 기묘한 사실을 알아차렸다. 마지막 한 장에 처음 보았을 때는 분명히 없었던 지시가 빛바랜 잉크로 추가되어 있었다. 뭔가 분출하는 듯한 느낌의 글씨와 함께 오선지에서 튀어나올 것처럼 위쪽으로 힘차게 그어진 화살표가.

이건 누가 어느 틈에 써넣은 걸까. 어쨌거나 악보에 그렇게 지시되어 있으니 나는 그 지시에 따랐을 뿐이다. 그 카페에 있던 피아노와 같은 기종을 찾기가 쉽지 않다는 건 제쳐놓고…….

그때 악보 사이에서 뭔가가 팔랑 떨어졌다. '슈피랄레'의 영수증이다. 카페에서는 내가 계산을 했는데, 어째서인지 영수증에 '두 명'이라고 기록되어 있었다.

자, 사실 그 자리에 없었던 건 노신사일까, 나중에 악보를 가지고 온 남자일까……. 아니면 혹시 나 자신일까.

열차는 부질없는 의문에 고개를 갸웃하는 나를 태운 채 오로지 질주했다. 창밖에서 오선지의 음표들처럼 쌩쌩 지나가는 오스트리아 서부 철도의 연선 풍경 속을.

성채의 망령

1

어슴푸레한 어둠 속에 떠오르는 수많은 얼굴. 화
난 얼굴, 웃는 얼굴, 뭐라고 표현하기 힘들 만큼 슬
픔에 가득 찬 얼굴…….

거기에 있는 것은 사람 얼굴만이 아니었다. 머나
먼 추억 속에만 존재하는 생활의 단편들. 그 생활에
꼭 필요했지만 지금은 볼 수 없는 갖가지 도구들.

전부 다 차가운 유리 케이스에 담겨 있었다.

그렇듯 자잘한 것뿐만 아니라 판자 한 장, 기둥 하
나에 이르기까지 장인의 솜씨가 느껴지는 가옥과 흰
돛을 활짝 펼친 배까지 있었다. 하기야 실물은 진열
장에 들어가지 않을 테니 몇십 분의 1 크기로 축소

했지만.

네덜란드 남쪽의 오래된 도시 레이던. 렘브란트의 고향으로도 알려진 이곳은 1575년에 레이던대학이 창설된 이래, 대학 도시로 자리매김하여 다양한 연구 기관과 함께 개성 있는 박물관이 많다.

중앙역을 나서면 바로 눈에 띄는 두두룩한 언덕 위의 몰렌뮈제움 드 발크Molenmuseum De Valk(풍차 박물관), 수몰될 위기에 처했던 이집트 석조 사원이 이축된 리크스뮈제움 판 아우트헤던Rijksmuseum van Oudheden(고대 박물관), 그리고 리크스뮈제움 폴켄쿤더Rijksmuseum Volkenkunde(민족학 박물관)에 나튀랄리스Naturalis(자연사 박물관)…….

여기 라펜부르흐 19번지, 야판뮈제움Japanmuseum(일본 박물관) 시볼트후이스도 그중 하나였다.

운하 곁에 위치한 이 산뜻한 저택에는 일찍이 필립 프란츠 폰 시볼트가 살았다. 극동의 섬나라 일본에서 5년을 지낸 그는 고국 독일이 아니라 이곳에 정착해 방대한 수집물—기회가 있을 때마다 그러모은 동식물 표본과 생활용품, 공예품에 장식품, 더 나아가 그림과 서적, 장인에게 특별 주문한 미니어처

모형 등을 정리하고 분류하는 데 몰두했다.

지금 여기에 전시된 물품들은 극히 일부에 지나지 않지만, 내용은 아주 다채로워 그가 일본에서 길렀던 개의 박제까지 관람할 수 있다. 덧붙여 얼굴로 보인 것은 일본에 머무를 때 접했던 연극과 제례에 사용된 갖가지 가면이다.

시볼트가 일본 지도 등을 반출하여 당시 제일급 학자였던 다카하시 가게야스 및 다수가 사형선고를 받았다는 이야기는 유명하다. 그 일화와 아울러 생각하자 서글프고 괴로워 보이는 표정의 가면들이 여기에 정연하게 전시된 수집품의 죄 많은 일면을 보여주는 것 같기도 했다.

가면 하나가 갑자기 입을 벌려 웃는가 싶어 놀랐는데 유리에 비친 사람 얼굴이었다. 알고 보니 지금 전시실로 들어온 관람자가 나를 향해 웃음을 짓고 있었다.

"이야, 이거…… 여기는 금방 알겠던가요?"

내가 몸을 돌려 말하자 방금 들어온 남자는 고개를 끄덕였다.

"예, 시볼트 거리나 데시마 거리 같은 지명이 있어

서 그쪽이라 짐작했는데, 실은 레이던대학 본부 근처더군요. 그럼 이 근처에 있다는 식물원은……."

"네, 시볼트가 일본에서 가지고 온 식물을 거기에 심었죠. 지금도 그 자손이 뿌리를 내리고 있다고 합니다. 그중에는 그가 사랑한 일본인 아내 다키의 이름에서 유래한 수국도……. 아니 뭐, 그건 그렇고."

나는 무의식중에 목소리를 낮추었다.

"그건 정말로 입수가 가능한가요?"

"예, 물론이죠."

방금 들어온 남자는 고개를 크게 끄덕였다. 그리고 역시 목소리를 낮추어 말했다.

"하지만 여기는 아닙니다. 다른 곳에 맡겨졌어요."

"어……."

내가 실망감을 섞어 당황스러움을 표출하자 남자는 상냥하게 손짓했다.

"아무튼 여기서는 뭐하니 장소를 바꾸시죠."

이리하여 나와 그 인물은 어두운 전시실에서 밝은 빛 아래로 나섰다.

2

레이던은 대학과 박물관의 거리이면서 서점이 많은 곳이기도 하다. 고서 시장이 설 때는 길가까지 책이 산더미처럼 쌓여서 애서가의 피를 들끓게 만든다.

그 남자가 나를 안내한 곳도 서점 중 하나였는데, 아무래도 골동품 가게도 겸하는 듯했다. 네덜란드어로 고서점은 안티콰리아트antiquariaat이며, 이걸 그대로 영어로 옮기면 골동품 가게antique shop가 되니까 복잡하지만 여기는 양쪽을 겸하는 것 같았다.

폰 시볼트처럼 유명하지도 않고 좋은 대우도 못 받으면서, 일본만큼 주목받지 못한 지역을 연구하는데 열과 성을 다한 학자도 분명 있었으리라. 그러한 연구의 성과가 대학 도서관이나 박물관이 아니라 여기로 흘러오기라도 한 것처럼, 익숙지 않은 지명이 표기된 두꺼운 책과 지도 외에도 뭔지 잘 모를 오래된 도구와 골동품으로 가득해서 서가와 그 밖의 진열대가 자리싸움을 벌이고 있었다.

물건들을 살펴보니 이 가게의 주력 분야가 무엇인지 알 것 같았다. 또는 여기에 표류하듯 흘러와서 쌓인 물건들의 원래 주인이 어느 지방을 연구 대상으로 삼았는지…….

네덜란드령 동인도—현재의 인도네시아를 대부분 포함하며 수마트라, 자와, 남보르네오, 술라웨시, 말루쿠, 그리고 서뉴기니까지 다다랐다.

하지만 우리는 일찍이 그곳을 다른 이름으로 불렀다. 그래……. '난인蘭印˙✦'이라고.

이러한 가게가 흔히 그렇듯이, 이곳 주인도 마치 상품의 일부처럼 나이를 먹어 주름진 얼굴로 안쪽에 가만히 앉아 있었다. 아까부터 미동도 없는 그 몸과 옷을 털면 먼지가 팍 피어오르지 않을까 의심스러웠지만, 설마 그렇지는 않겠지.

함께 온 남자는 나를 동남아시아의 기묘한 환상이

넘실대는 공간에 남겨두고 주인과 말을 나누었다. 잠시 후 큼지막한 서류철 같은 것을 받아서 돌아왔다.

남자는 서류철과 함께 크비탄시Kwitantie(영수증)라고 인쇄된 종이에 손 글씨로 적은 숫자를 보여주었다.

"여기에 수수료를 추가한 금액이 제 성공 보수입니다."

그 말을 듣고 드디어 됐다 싶어 내심 어깨를 덩실거렸다.

마침내, 마침내 염원이 이루어졌다. 몇십 년이나 찾아왔던 그것이 내 손에…… 드디어 그 멜로디와 리듬을 되살릴 수 있다.

하지만 그 전에 내용물을 확인할 필요가 있었다. 이 남자가 이러한 물건을 찾는 실력이 빼어나며, 신뢰할 만한 사람임은 이미 들어서 알고 있다. 그러므로 그와 연락을 하기 위해 수고를 아끼지 않았다.

하나 그가 레이던의 조그마한 고서점에서 발굴하여 깊은 잠에서 깨어난 악보가 반드시 내가 원하던 것과 일치한다는 보증은 없다. 어쨌거나 그 유일무

✦ 일본에서는 네덜란드어 'Nederlands-Indië'를 '난령동인도蘭領東印度'로 번역했고, 줄여서 '난인'이라 불렀다.

이한 음악을 정확하게 기록했는지 내 두 눈으로 확인해야 안심할 수 있다.

하지만 남자는 내가 의뢰하여 찾아낸 물건을 내놓으려 하지 않고 품에 안았다. 그뿐만 아니라 이런 말을 꺼냈다.

"이 악보……. 아니, 여기에 기록된 음악이 도대체 무엇인지, 당신에게 어떤 의미가 있는지 들려주시면 안 되겠습니까? 물건은 그다음에 넘겨드리죠. 물론 사정과 이유에 따라서는 보수를 받지 않겠습니다."

"무슨 그딴 소리를……. 당신은 내 의뢰를 받았고, 임무를 멋지게 완수했소. 내 사정과 이유가 어찌 됐든 거기에 참견하는 건 주제넘은 짓 아니오? 그런 권리는 없을 텐데요."

나는 당연하다는 말로는 모자랄 만큼 당연한 항의를 했다. 하지만 상대는 조금도 동요하지 않고 이렇게 말했다.

"주제넘은 건 잘 압니다. 하지만 이번만은……."

남자는 불현듯 깊이를 알 수 없고 마력마저 느껴지는 눈빛을 내게 던졌다.

"특별합니다."

그 말에 나는 무심코 고개를 끄덕였다.

그리하여 우리는 곰팡내 같으면서도 어쩐지 향수를 자극하는 책 냄새가 풍기는 가게를 나서서 정처 없이 걷기 시작했다.

작은 동판 인쇄 삽화에 고스란히 담고 싶은 거리가 운하를 따라 한없이 이어졌다. 내려다보자 거꾸로 뒤집어진 남자의 모습이 건물과 함께 수면에 흔들흔들 비쳤다.

나는 이야기를 시작했다. 머나먼 옛날, 여기와는 모든 것이 다른 곳에서 체험한 일들을.

*

나는 일개 병사로서 동남아시아 전선에 출전했습니다. 장소는…… 너무 구체적으로 이름을 대면 여러모로 지장이 있을 법하니, '난인'의 어딘가로 해둘까요.

나와 내가 소속된 부대는 피와 흙으로 범벅이 되어 굶주림과 열병에 신음했습니다.

압도적인 화력을 자랑하는 미군에게 대항할 방법

도 없이 그저 짐승처럼 내몰렸죠. 보급이나 교대라는 말은 높은 양반들의 머릿속에 없었던 모양이에요. 맞서 싸우기는커녕 미군의 장난감이나 다름없었습니다.

그것만 해도 충분히 지옥도와 다름없었습니다만 우리 황군이 누굽니까. 시도 때도 없이 의미 없는 구타를 당하면서 오로지 죽기만을 이제나저제나 기다렸답니다. 그 상황에는 어떠한 미학도 미화도 통용되지 않아요. 죽든 살든 어찌 되든 전부 본인 탓이다, 그것만이 유일하고 일관된 철칙이었습니다.

그런 와중에도 내게는 은밀한 즐거움이 있었습니다. 정찰과 조사라는 명목으로 부대의 주둔지 일대를 돌아다니며 신기한 동식물을 관찰하고 채집하는 일이었죠.

사실은 곤충학자나 식물학자가 되는 게 내 어릴 적 꿈이었거든요. 히라야마 슈지로 선생의 『원색천종곤충도보 原色千種昆虫図譜』와 가토 마사요 선생의 『분류원색일본곤충도감 分類原色日本昆虫図鑑』을 얼마나 즐겨 읽었는지 모릅니다. 하지만 돈 없는 집 아이는 그렇듯 무사태평한 학문에 뛰어들 처지가 못 된다는 걸 누가 가르쳐주지 않아도 깨닫고서 얼마 지나지 않아 집어치웠죠.

그 후 문학 소년입네 하고 설칠 무렵에는 고고학이나 민족학에 푹 빠져서 하마다 세이료 박사의 저서를 탐독하거나, 유사 이전의 시대에 관심을 품고 요코야마 마타지로 박사의 고생물학 책을 집어 들기도 했죠. 하기야 그때는 어릴 적보다는 철이 든 만큼 늘 체념을 품고 살았지만요.

이왕 체념도 한 마당이니 성실한 직장인이 될 수 있는 길을 걸으려고 했지만, 국가라는 폭력 앞에 그 길마저 완전히 사라질 줄은 몰랐습니다. 직장의 사령장 대신에 익숙한 빨간 종이, 소집영장을 받았죠.

그걸 받으면 아무리 무섭고 억울해도 방법이 없어요. 울며불며 가족에게 이별을 고하고 입영한 그날부터 폭력과 불합리의 세례를 받다가, 영문도 모른 채 짐짝처럼 배에 실려 난인의 어느 곳에 도착했습니다. 새파란 바다와 울창한 숲 사이에 둘러싸인 최전선이었습니다.

척 보기에도 아주 태평하고 느긋하며 자연환경도 풍요로워서 여기라면 살아남을 수도 있겠다고 안도

했지만, 그렇게 잘 풀리지는 않더군요.

이런 지점을 지키는 데 의미가 있는지 없는지 생각할 여유도 없이 외부의 공격과, 굶주림과 병이라는 내부의 공격, 거기에다 군대 조직이라는 제일 성가신 적과 맞서야 하는 나날이 시작됐습니다.

어차피 기관총 공격에 벌집이 되거나 열병에 걸려 괴로워하다 임종을 지켜줄 사람 하나 없이 저세상에 갈 바에야 죽기 전에 좋아하는 일을 해야겠다 싶더군요. 그래서 방금 말했듯이 임무 사이에 짬을 내어 핑계를 대고 상관과 동료 몰래 정글을 돌아다닌 겁니다.

거기는 그야말로 생물의 천국이었습니다! 채집통도 포충망도 없어서 아쉬웠지만, 그렇다고 독이 있어 만지면 손이 부어오를 것 같은 꽃이나, 쏘이면 분명 탈이 날 법한 별난 곤충을 호주머니에 넣어 올 수도 없었죠.

그런 짓을 했다가는 잔소리꾼들이 무슨 소리를 할지 모르고, 하급자들에게 못된 본보기가 될 수도 있었거든요. 무엇보다 동식물 관찰과 채집을 좋아하고 즐긴다는 사실을 들켜서는 안 됐습니다.

이러니저러니 해도 숲속에는 꼬박꼬박 들어갔습니다. 그럴 만한 명분이 있었고, 그게 나만의 즐거움이기도 했거든요.

자세히 설명하자면 우리 주둔지와 숲을 사이에 두고 위치한 토착 부족 마을에서 가끔 토란, 옥수수, 땅콩, 빵나무 열매 등 식량을 조달했는데, 내가 교섭하는 역할을 도맡았습니다.

마을 사람 입장에서도 느닷없이 나타나 막사를 세우고 구덩이를 파고 멋대로 나무를 베어 가고 총질까지 하는 일본인이 골치 아팠을 테니 나 같은 존재는 요긴했을 겁니다. 별로 표면화되지는 않았지만 일본군은 현지에서 마음에 들지 않는 일이 생기면 서슴없이 족장의 목을 베거나 마을을 불사르기도 했거든요. 적어도 우리 부대는 그런 만행과 무관했습니다.

내가 양쪽의 가교 역할을 했다고 생각하니 영광스럽기도 하고, 조금 자랑스럽기도 하군요. 물론 현지인에게 '물렁한' 태도를 취한다고 못마땅하게 여기는 놈들이 적지 않았고 그 때문에 험한 꼴도 여러 번 당했지만, 다른 일이라면 모를까 이 역할만큼은 누구에게도 양보할 마음이 없었습니다.

덕분에 내가 소속된 부대는 지옥이 되는 꼴을 간신히 면했죠. 어디까지나 어느 시점까지였지만, 지금도 그 생각은 변함없어요.

윤택하지는 않았지만 방금 말한 식량들로 허기는 달랠 수 있었고, 소규모 전투나 작은 사고와 병 때문에 사람이 벌렁벌렁 죽어나가기는 했지만 하루하루는 담담하게 지나갔습니다.

그래요……. 나를 포함해서 병력으로 차출되기 전까지 직장인, 농부, 장인, 연예인, 학생 등등이었던 사람들은 자의는 아닐지언정 국가를 위해 이 한 몸 바치리라 각오했습니다. 하지만 아무리 그렇다 해도 탁한 강에 빠져 산 채로 악어 밥이 될 줄이야 상상도 못 했겠죠. 하물며 우리를 낳아주신 부모님 중 어느 누가 자식이 그런 최후를 맞으리라 상상했겠습니까.

그래도 평소 습관이랄까, 국민성이라고 해야 할지도 모르겠지만, 어찌 됐든 몸에 밴 천성은 무섭더군요. 계급이 하나라도 높은 자가 낮은 자를 쥐어박고 따귀를 갈겼습니다. 그리고 아침부터 밤까지 구덩이를 팠다가 메우는 등 의미도 효과도 없어 보이는 노동과 훈련에 노력을 낭비하는 짓은 절대로 개선되는 법이 없었습니다.

결국 전투가 있든 없든 병사들은 잠자리에 들 때까지 마음을 놓을 수가 없었죠.

하지만 내게는 숲에 간다는 나만의 즐거움이 있었습니다. 숲 너머 마을에서 진귀한 풍습과 후한 인정을 갖춘 사람들과 교류하며 시름을 잊고 느긋한 시간을 보냈습니다.

이 시간이 영원하면 좋겠다 싶더군요. 어쩌면, 아니 살아서 일본으로 돌아갈 가망이 거의 없다면 차라리 여기서 자유롭고 마음 편하게 사는 편이 나을 것 같았습니다.

하지만 역시 마지막 순간이 왔습니다.

날마다 전황이 악화되어 언젠가 결정적인 날이 올 것이라 각오는 했습니다만 오늘이 아니라 내일이라고, 내일이 오면 다시 내일이 그날이라고 믿으려 했죠. 참으로 비참하고 괴로운 군 생활에 쐐기를 박는 무정한 일격은 가해지지 않으리라고, 멋대로 신을 대신해 단정했습니다.

그 기대는 실로 허무하게 빗나갔습니다.

어느 아침, 바다에서 나는 소리도 숲에서 나는 소리도 아닌 소리가 우렁차게 울려 퍼지고 땅이 흔들렸습니다. 우리가 부랴부랴 변변치 못한 무기를 들자 바다와 하늘에서 주둔지 일대를 포위한 미군이 사정없이 공격을 퍼붓기 시작했습니다.

아마 상대편 입장에서는 대단한 작전도 아니었겠죠. 하지만 우리에게는 그야말로 파멸적인 공격이라 삽시간에 패배의 쓴맛을 보고 말았습니다.

그동안 죽음에 충분히 익숙해졌고, 부조리에는 더욱 무감각해졌습니다. 하지만 바로 옆에서 방금까지 이야기를 나누었던 상대가 공작기계라도 작동하듯 경쾌한 리듬으로, 사신이 쏘는 활에 맞은 것처럼 풀썩풀썩 쓰러지는 모습을 보고 있자니 무슨 악몽이라도 꾸는 것 같더군요.

검은 홍조가 늘 맑았던 푸른 하늘을 뒤덮고 요란하게 포효하자 정신이 나갈 것만 같았습니다. 기관총 사격에 그치지 않고 폭탄까지 투하되었고, 그때마다 더 많은 목숨이 산산이 흩어져 사라졌습니다.

그 상황에서 뭘 어쩌겠습니까. 정신을 차려보니 죽어라 달아나고 있더군요. 설사 무슨 오명을 쓴다

해도 알 바 아니었습니다.

도망갈 곳은 이제는 친숙해진 그 마을밖에 없었습니다.

설마 미군도 평화롭게 살아가는 부족민들을 무차별적으로 공격하지는 않겠지. 낙관적이게도 그렇게 계산했습니다만, 설령 그렇다 해도 공격 대상인 일본군이 마을로 도주하면 얼마나 민폐일지 생각할 여유조차 없었습니다.

나는 구르다시피 달리고 또 달렸습니다. 자주 다녀 익숙한 길에서 몇 번이고 넘어지고 헤맬 일 없는 길에서 헤매던 중, 지척에 떨어진 뭔가가 세차게 폭발하며 사방에 작렬했습니다.

다음 순간 나는 종잇장처럼 공중에 붕 떴습니다. 머릿속에서 책장이라도 넘기듯이 살아오면서 겪은 일이 명멸하다가 모든 것이 끈적끈적한 어둠에 삼켜졌습니다.

예, 나는 결국 정신을 잃었습니다.

3

　문득 눈을 떠보니 주변은 이미 컴컴하더군요.

　나는 어느 풀숲에 큰대자로 누워 있었습니다.

　그대로 하늘을 올려다보자 눈이 시릴 정도로 무수히 많은 별이 반짝이고 있었습니다. 한편 땅에 닿을락 말락 한 귀에는 가까이 있는 벌레 소리, 어딘지 모를 곳에 있는 짐승의 울음소리, 옆까지 다가왔다가 멀어지는 바람 소리가 들렸습니다. 그리고……?

　(뭘까……. 헛들었나?)

　벌레, 짐승, 바람과는 다른 정체 모를 소리가 들려와 누운 채 고개를 갸웃거렸지만, 그런 데 정신을 팔고 있을 때가 아니었습니다. 몸이 무사한지 확인하고 현재 상황을 파악하는 것이 중요했습니다.

일단 목숨을 건진 것은 확실했습니다. 폭발로 날아갔을 때는 다 끝났다고 각오했었지만, 신도 그렇게까지 매정하지는 않았던 모양이에요.

너무나 덧없이 죽은 전우들을 생각하면 아주 불공평하고 변덕스럽다 해야겠지만, 신이 공평하지도 고지식하지도 않아서 감사하고픈 마음이었습니다.

그건 그렇고 정신을 잃은 지 몇 시간이나 지났을까요? 몇 시인지는 분명치 않았지만 기절하여 꽤 오래 잠들어 있었던 건 틀림없습니다.

아무튼 잠시 혼이 빠져나갔다가 회복된 것처럼 내 몸이 내 몸 같지 않은 느낌이라 기분이 묘하더군요.

평소라면 모를까 일단 살아 있다는 게 중요했으니 개의치 않았습니다. 어쨌거나 그대로 있을 수는 없어서 벌떡 일어났죠. 조심조심 몸 여기저기를 더듬어 보았지만, 아무래도 다친 곳은 없는 것 같았습니다.

다행이다, 살아만 있으면 어떻게든 된다. 전쟁터가 아니었다면 그렇게 고마워했겠지만, 무사하면 무사한 대로 이제 어떻게 해야 할지가 문제였습니다. 난감하게도 일본군에서는 죽지 않고 살아 있는 것이 불편하고 성가신 사태를 유발하거든요.

일어서자 머리가 잠깐 어질했지만, 그것 말고는 괜찮았습니다. 아무튼 동료를 찾으려고 일단 막사가 있던 곳으로 돌아가려다가 발을 흠칫 멈췄습니다.

또 그 소리가, 이번에는 더욱 또렷하게 들렸거든요. 잘못 들은 게 아닙니다. 게다가 그건 자연의 소리가 아니라 분명 수많은 사람들의 목소리, 그것도 노랫소리였습니다. 귀를 기울이자 무슨 악기를 연주하는 소리도 들리는 게 아니겠습니까.

노랫소리? 악기? 설마 이런 상황에 이런 곳에서 음악회라도 열린 걸까요?

하지만 아무래도 틀림없는 모양이었습니다. 여기서 그런 소리를 들을 줄이야 상상도 못 했던 만큼 몹시 놀랐습니다만, 기쁨과 안도가 훨씬 컸습니다.

왜냐하면 노래하고 악기를 연주한다는 건 거기에 살아 있는 사람, 즉 나와 친하게 지냈던 마을 사람들이 있다는 뜻이기 때문입니다.

무작정 달아나다가 길을 잃었고, 오랫동안 의식을 잃은 사이에 날이 어두워졌습니다. 그런 상황에서 정글을 혼자 빠져나가는 건 그다지 현명하지 못한 선택이죠.

그래도 어떻게든 주둔지로 돌아갈 생각이었지만, 그 마을 사람들이 가까이 있다면 이야기가 다릅니다. 다정하고 친절하며 우리보다 훨씬 인간적인 그들이라면 간신히 살아남은 나를 꺼리거나 골칫덩이로 여기지 않겠죠. 하물며 다시 사지로 내몰지도 않을 겁니다.

그렇게 생각하고 나는 주저 없이 걸음을 옮겼습니다.

이국적이고 진기하며 내가 아는 어떤 서양 음악이나 일본 음악과도 닮은 구석이 없지만, 어쩐지 아주 따스하고 그립고 관능적인 멜로디와 리듬이 울려 퍼지는 곳으로.

그 섬은 어딜 가도 고무나무 천지였습니다만, 특히 그 일대는 거목이 빽빽이 자란 데다 커다란 문어의 촉수처럼 굵은 나뭇가지가 구불구불 얽히고설켜서 틈새를 빠져나가기도 힘들 지경이었습니다.

그래도 기묘한 노랫소리와 악기의 음색이 그 너머에서 들려왔으니 무슨 수를 써서라도 나아가야 했습니다.

다행히 숲의 나무에 사는 정령들(섬의 주민들은 그 존재를 믿었습니다)은 내 앞길을 막을 생각이 없었는지 우거진 고무나무들 너머로 나오는 데 성공했습니다.

갑자기 시야가 트인 순간 처음 보는 광경에 놀라 멈춰 섰습니다. 그들의 마을에 뻔질나게 드나들었지만, 이런 곳이 있는 줄은 지금까지 몰랐습니다.

거기는 대야처럼 둥글고 우묵한 지형이었고, 주변은 내가 방금 뚫고 나온 것과 비슷한 숲이었습니다. 딱 원형 광장처럼 느껴지는 그곳에 화톳불을 몇 군데 피워놓고 수많은 사람들이 모여 있었습니다.

그러고 보니 들은 기억이 났습니다. 그 마을에는 외지인에게는 결코 알려주지 않는 비밀 장소가 있다고 했어요. 아주 신성한 행사에만 사용되는 곳인데, 원래는 그 부족의 선조가 무서운 적, 전해지는 바에 따르면 다른 부족 같은 현실적인 존재가 아니라 악귀나 죽은 자의 나라 같은 초자연적인 군세와 싸울 때 사용한 요새, 성채였다고 합니다.

그런 이야기를 떠올리자 어쩐지 거기 모인 사람들도 이 세상 사람이 아닌 것 같은 기분이 들었는데요.

(어, 저건⋯⋯.)

속으로 중얼거리며 시선을 모으자 낯익은 마을 사람들의 얼굴이 속속 눈에 들어왔습니다. 뚱뚱하니 풍채가 좋은 촌장님, 식량을 조달할 때 신세를 지는 아저씨, 마을 젊은이와 아주머니들. 아무래도 망령들의 집회는 아니었던 모양입니다.

평소와는 달리 호화롭고 색상도 다채로운 옷을 입었고, 목과 팔에 장신구를 주렁주렁 걸었습니다. 그리고 제단 같은 것을 한복판에 세우고 명물 부겐빌레아*를 잔뜩 쌓아 올린 것으로 보아 혹시나 무슨 축제인가 싶었습니다.

하지만 마을에 갈 때마다 들러붙는 통에 자주 놀아주었던 아이들은 눈에 띄지 않는 것으로 보아 축제라기보다는 의례 같기도 했습니다.

그건 그들의 표정으로도 알 수 있었습니다. 밝고 즐거운 표정은 하나도 없이 전부 점잖았고, 덧붙여 몹시 무표정하거나 침통했습니다.

관례대로 마을에서 가장 나이 많은 장로가 전체 지휘를 맡았습니다. 늘 눈을 지그시 감고 한구석에

✦ 꽃과 포엽의 색상이 다양한 열대성 덩굴 관목.

서 햇볕을 쬐고 있는지라 이 영감님과는 이야기를 나누어본 적이 없지만, 지금은 완전히 딴판으로 노익장을 과시했습니다.

자, 문제가 되는 소리의 정체가 무엇인지는 금방 밝혀졌습니다. 기묘한 모양의 철금이며 수금, 큰북과 징, 풀피리를 든 남녀 십수 명이 아까 말한 제단을 둘러싸고 연주에 몰두하고 있었습니다.

장로 영감님은 요컨대 악단의 지휘자 같은 역할이었습니다. 악기를 들지 않은 다른 사람들은 지휘와 연주에 맞추어 노래를 불렀는데, 그 노래가 참으로 신비하더군요.

뭐랄까요, 음 하나하나가 가슴에 스며들 듯 애절한 것이 참으로 동양적이었지만, 아득히 먼 나라가 연상되기도 했습니다. 인도네시아 일대에서 사랑받는 가믈란이라는 음악과 비슷한 듯하면서도 명백히 달랐습니다. 사향 냄새라도 풍길 것처럼 화려하고 농후한 가믈란과는 정반대를 지향하는 느낌이었습니다.

하기야 그건 나중에 다양한 비서양권 음악을 비교하며 들어본 후에야 깨달았죠. 그때는 그저 오묘하다고 할까 신비한 기운이 넘친다고 할까, 느닷없이 귓가에 다가오는가 싶다가 느닷없이 멀어지는 변화무쌍한 선율에 취할 따름이었습니다.

어느덧 눈물이 주르르 쏟아지더군요. 구슬프고 가슴이 답답하여 참을 수가 없었습니다. 고향이 몹시 그립고, 억지로 고향을 떠나보내 나를 이런 생지옥에 던져 넣은 지배층 놈들이 못 견디게 미웠습니다.

그러다가도 관능적인 기분이 치밀어 올라 싱숭생숭하거나, 뭔가 보고 생각할 때마다 유쾌하여 웃음이 멈추지 않기도 하고……. 알고 보니 희로애락이라는 네 가지 감정을 번갈아 자극받고 있었습니다.

그날 빨간 종이를 받기 전까지만 해도 틀림없이 내 가슴속에서 생생하게 빛나던 감정들이었습니다. 그날 이후로, 특히 동남아시아로 향하는 수송선에 태워진 다음부터는 천천히 말라 죽어간 감정이었습니다.

나는 들끓는 감정을 더 이상 억누를 수 없어 몸을 숨기고 있던 고무나무 뒤에서 벌떡 일어섰습니다.

그리고 광장으로 이어지는 완만한 비탈을 처음에는 종종걸음으로 내려가다 점차 속도를 높여 뛰어

내려갔습니다.

지금 생각하면 참 무모한 짓이었지만, 그때는 무아몽중의 상태였습니다. 어떻게 해서든 자연과 함께 살아가는 그 다정하고 마음 넉넉한 사람들을 만나고 싶었어요. 한자리에 끼고 싶었습니다.

하지만 결과는 내 바람과 완전히 다른 형태로 나타났습니다.

내가 난입하는 기척과 발소리에 뒤를 돌아본 사람들의 얼굴은 먼저 놀라움으로 가득 찼고, 그건 예상한 범위 내였지만, 이어서 추하게 일그러졌습니다. 공포, 질색, 증오……. 외지인인 나를 따뜻하게 받아들여준 관용과 아량은 남녀노소 어느 누구에게서도 찾아볼 수 없었습니다.

그때 연주되던 음악이 딱 멈췄습니다. 무서운 정적과 침묵이 순식간에 주변을 감쌌습니다.

그제야 알았습니다. 내가 엄청난 금기를 범하고 말았음을, 그리하여 신성한 의례를 방해하고, 그들에게 소중한 의미를 띤 음악을 중단시켰음을…….

갑자기 화톳불이 꺼졌습니다. 아니, 꺼진 건 내 의식이었는지도 모르겠네요. 누군가 뒤에서 머리를 후

려갈긴 것 같기도 하고, 그냥 심신에 피로가 쌓여 쓰러진 것 같기도 합니다.

하여튼 그 후에는 깜깜한 암흑만이 이어졌습니다. 그 기묘한 의례가 중단된 것을 끝으로 마을 사람들, 그리고 그들이 연주하고 노래한 수수께끼 같은 음악과 영원히 이별하고 말았죠.

4

"……다시 정신을 차려보니 피와 죽음의 냄새로 가득한 수송선 안이었습니다. 그 전후의 일은 기억이 혼란스럽습니다만, 아무래도 나는 다시 숲을 빠져나와 부대가 있던 곳으로 되돌아와서 힘이 다해 쓰러진 모양입니다. 다행히도 주둔지에서 철수할 때 시체와 섞이지 않고 배에 태워져 전쟁이 끝날 때까지 몇 개월을 또 다른 지옥에서 지냈다, 그런 이야기입니다."

나는 고서점 겸 골동품 가게를 나서서 운하 옆으로 난 길을 걷다가 가끔 카페―마리화나나 해시시를 판매하는 '커피숍'이 아니라 순수하게 커피만 즐기는 쪽—에서 쉬어가며 나눈 긴 이야기를 그쯤에서 일단 마무리 지었다.

"그래서 당신은……."

남자는 테이블에 내려놓은 서류철을 손으로 꼭 누른 채 물었다.

"패전 후에 일본으로 돌아가서 심신의 건강을 회복한 후, 그 마을 광장에서 들은 음악에 대해 알아내려 하신 거로군요. 특히 그 음악을 채록한 악보가 없는지. 하지만 그건 쉬운 일이 아니었다……."

"그런 셈입니다." 나는 고개를 끄덕였다. "겨우 그리던 조국에 돌아왔건만 전쟁에서 패한 일본은 마치 다시금 쇄국을 시작한 것처럼 느껴졌어요. 어지간한 공적 업무나 상업적 업무 없이는 해외로 나가기가 쉽지 않았죠. 한편 전쟁 전후를 통틀어 그 일대의 문화에 관심을 품은 서양인은 그 수가 적지 않았고, 민속과 풍습에 관해서도 다양한 조사가 이루어져 성과가 세상에 나오고 있다는 이야기를 들었기에 그쪽을 찾아보고자 마음먹었습니다."

"하지만 결국 만족스러운 결과는 얻지 못해…… 제게 의뢰하신 거로군요."

남자가 물었다. 나는 다시 고개를 끄덕였다.

"바로 그렇습니다. 당신이 놀랄 만큼 빨리 그럴듯한 물건을 발견했다고 연락을 주어 우리가 이렇게 여기 레이던에서 첫 대면 겸 거래를 하게 된 거죠. 뭐, 당신 앞에서 새삼스레 할 이야기도 아니지만요. 자, 어때요, 이제 직성이 풀렸습니까?"

"거의 다요." 남자는 대답했다. "하지만 아직 여쭈어야 할 질문이 남았습니다."

"허 참, 그게 뭔가요?"

가벼운 투로 대꾸했지만 남자가 너무 끈덕지게 굴어서 솔직히 말하면 약간 질렸다. 원래 의뢰인이 자기 속내를 이렇게까지 밝힐 의무는 없건만, 또 뭐가 궁금하다는 건가.

그러자 남자는 애끓는 내 마음을 투시라도 한 것처럼 말했다.

"실례를 무릅쓰고 여쭙자면…… 난인의 어떤 전선에서 하룻밤 사이에 겪은 일이 당신에게 소중한 추억이자 어떻게든 해명하고픈 수수께끼임은 잘 알겠습니다. 하지만 왜 그 음악입니까. 왜 그렇게나 시간과 공을 들여 그 악보를 찾으려고 하셨습니까?

만약을 위해 말씀드리는데, 오늘 당신에게 드리려고 입수한 악보는 그 마을에서 치러지는 어떤 의례를 조사하는 과정에서 기록된 것입니다. 이게 당신이 찾던 물건과 일치하며, 당신의 기억 속에 있는 음악이라고 자신합니다. 그래서 여쭙고 싶어요. 도대체 무슨 목적으로, 애당초 이 악보가 뭐라고 생각하시고……."

이 남자가 이렇게나 고집불통일 줄이야. 그리고 물건을 찾아내는 김에 의뢰인의 속내까지 찾아내어 들여다보려고 할 줄이야.

"이거 놀랍군. 참견하는 데도 정도가 있는 법인데. 좋아, 내가 그 악보를 찾아달라고 부탁한 건……."

말하면서 몸을 내밀어 그의 앞에 놓인 커피 잔을 일부러 넘어뜨렸다. 갈색 액체가 순식간에 테이블을 가로지르자 남자가 웬일로 당황한 모습을 보였다. 그 틈을 타서 서류철을 확 낚아채 벌떡 일어섰다.

"실례, 더 이상은 못 기다리겠어. 대금은 걱정 말고, 자!"

아까 잠깐 자리를 떴을 때 써둔 수표를 팔랑 내던지고, 이렇게 말하면 미안하지만 그걸 미끼 삼아 카폐를 뒤로했다.

*

　그 말에 거짓은 없었다.

　대금은 걱정 말라는 부분도 그렇거니와 '더 이상은 못 기다리겠다'는 부분도 말이다.

　전쟁터에서 경험한 기묘한 하룻밤과 그때 들은 신비한 음악은 그 후로도 나를 줄곧 따라다녔다.

　그 의례는 도대체 뭐였을까. 고무나무에 둘러싸인 원형 광장에서 무슨 일이 벌어졌던 걸까. 그 의문이 낫지 않고 해묵은 상처로 남아 가슴이 자꾸 욱신거렸다.

　진상을 알고 싶다는 갈망과 더불어, 그날 밤 뭔가 내게 아주 중요한 일이 벌어졌으리라는 추측과 그 공간에 흘렀던 음악을 한 번 더 듣고 싶다는 소망이 나를 충동질했다.

　그 독특한 선율과 리듬, 그리고 노랫말은 언제든지 머릿속에서 재생할 수 있었다. 하지만 기억 속의 음악이 늘 그렇듯 모호하기 그지없어 음표 하나, 말한 마디를 골라내려고 하면 흐려진다.

어떻게든 그 음악을 한 번 더 듣고 싶었다. 소망을 이루기 위해서는 그곳에 다시 찾아가면 됐을 테지만……

그 평화로운 낙원은 우리 일본인에게 유린당했지만, 전쟁 통에 파괴되는 일만은 간신히 면했다. 하지만 전쟁 후에 모든 것이 격변하는 가운데, 그때까지 무관했던 세계경제의 흐름에 편입되어 쥐어짜이고 빨아먹힌 끝에 흔적도 없이 사라졌다.

몇백 년이나 이어온 독특한 풍습도 소실됐고, 개발로 숲은 벌채됐으며, 논밭과 집도 망가졌다. 그렇게 되기 전에 한 번이라도 가볼 걸 그랬다 싶었지만 그 바람이 이루어졌던들 그 마을 사람들도 옛날과 똑같지는 않았으리라.

그래서 나는 악보를 찾기로 했다. 그날 밤 들은 음악을 재현할 실마리가 필요했다. 가능하면 실제 악기로 연주하는 게 최고지만, 충실하게 채록한 악보만 있으면 머릿속으로도 얼마든지 연주할 수 있다.

이리하여 탐색이 시작됐다.

처음부터 그 남자에게 의뢰한 것은 아니었다. 자

료를 뒤지고, 전문가를 찾아가고, 여기저기 돌아다녔다.

옛 네덜란드령에서 겪은 일이므로 수도 암스테르담의 히스토리쉬뮈제움Historischmuseum(역사박물관)과 트로펀뮈제움Tropenmuseum(열대 박물관), 네덜란드 쉽바르트뮈제움Scheepvaartmuseum(해양 박물관)에도 문의했다.

그렇게 하나하나 모은 정보는 마치 산산이 흩어진 퍼즐 조각처럼 조금씩 겹치거나 엇나가서 도무지 나를 만족시키지 못했다.

오늘 받을 물건이 마지막 희망 같았다. 그래서 더 이상 그 남자의 장광설을 상대해줄 수가 없었다. 한시라도 빨리 내용물을 확인하고 싶었다.

악보에 무슨 의미가 있든, 내가 그걸 알든 모르든, 드디어 눈앞에 나타났는데 군침만 흘리고 있을 수는 없었다.

그래서…… 실력 행사에 나선 것이다. 서둘러 거리를 달려 옆길로 들어가 골목을 빠져나가며 서류철을 힐끔 들여다보았는데 아무래도 꽝은 아닌 듯했다.

(그렇다면.)

나는 마음을 정했다.

(이걸 연주하기에 적합한 곳으로 가야겠군. 설령 철금
과 큰북은커녕 풀피리 하나 없을지언정…….)

5

　레이던시 중심부, 새 라인강과 옛 라인강의 합류점이 내려다보이는 언덕 위에 성벽이 원형으로 둘러쳐져 있다. 몹시 오래되고 낡아서 잿빛으로 보이지만, 자세히 보면 벽돌을 쌓아서 만들었고 지름은 약 40미터에 높이는 6미터가 넘는다.

　데 뷔르흐트De Burcht(성채). 80년 전쟁이라고도 불리는 네덜란드 독립전쟁 당시, 1573년에서 이듬해에 걸쳐 레이던에서 공방전을 벌일 때 시민들이 틀어박혀 항거한 곳이다. 언덕 밑에는 다양한 가게가 늘어서 있지만, 열쇠 두 개를 교차시킨 도시의 문장紋章과 문장을 지키는 사자상이 얹힌 아치문을 통과해 더 다양한 문장으로 장식된 철문 너머에 뻗은 돌계단을 올라가면 아주 조용한 광장이 나온다.

흉벽 위쪽에 경비와 공격을 위한 회랑이 설치되어 있지만, 전체적으로 아담한 인상이라 여기서 수많은 레이던 시민이 농성했다고는 믿기지 않았다. 하물며 지금은 코빼기도 보이지 않는다고 할 만큼 사람이 거의 없고, 그나마 있던 사람도 나와 엇갈려서 나갔다.

나 홀로 서류철을 끌어안고 성채에 우두커니 섰다. 지금이다 싶어 서류철을 펼쳐보니 오래된 논문에서 발췌한 듯한 인쇄물이 들어 있었다.

aa나 ee 등 모음이 연속되는 걸로 보아 네덜란드어라 짐작은 갔지만 무슨 뜻인지는 거의 알 수 없었다. 하지만 사이사이에 삽입된 지도와 도판을 보건대 일찍이 내가 배속되어 있던 난인의 어느 곳에 대한 내용이 분명했다.

나는 들뜬 기분으로 페이지를 넘겼다. 그러자 커다란 고무나무에 둘러싸인 광장으로 추정되는 그림이 나왔고, 그 밤의 의례를 연상시키는 스케치가 첨부되어 있었다.

두근대는 가슴을 진정시키며 서둘러 페이지를 더

넘기자 악보가 나왔다.

그 음악과 재회하고 싶다는 일념으로 악보 읽는 법만은 열심히 공부했다. 처음 몇 소절만 보고도 내가 찾던 음악임을 알 수 있었다.

그래, 이거다……! 나는 덩실덩실 춤을 추고 싶은 기분이었다.

이건 전쟁이 발발하기 직전에 네덜란드 학자가 그 일대의 토착 문화를 조사하여 풍습과 전승을 기록한 논문인 듯하다. 당시 최신 기기로 녹음이라도 했거나 아니면 현지에서 아주 꼼꼼하게 듣고 왔는지, 악보에는 그 이국적인 악기가 각각 담당한 부분과 글자로 표기해도 역시 종잡기 힘든 가사까지 똑똑히 기록되어 있었다.

나는 집중해서 음표를 좇으며 곡조를 파악하고 가사를 읊조렸다. 어느덧 머릿속에서 악기가 하나씩 연주를 시작하고 선율이 몇 겹으로 겹쳐졌다.

그날 밤 목격했던 신비한 음악회에서 들은 음악이었다. 음악의 매력에 이끌려 얼떨결에 끼어들었지만, 연주는 갑자기 중단됐고 모든 것은 어둠에 감싸였다.

그건 뭐였을까. 그때 무슨 일이 있었던 걸까. 왜 나는 그렇게나 그 음악에 끌렸고, 그런 곳까지 갔던 걸까. 왜 마을 사람들은 그토록 공포와 혐오가 가득한 얼굴로 나를 맞이했을까. 그리고 결국 그 음악은 뭐였을까.

의문을 품은 채 문득 시선을 들었다가 퍼뜩 놀랐다. 이 성채의 풍경은 어쩐지 숲속의 그 광장과 비슷하지 않은가. 주위를 둥글게 둘러싼 벽이 외부의 시선을 차단하며, 회랑에서 둥근 밑바닥을 내려다볼 수 있다는 것도 공통점이라 할 수 있지 않을까.

그때 마음속에서 현재와 과거, 낮과 밤이 교차하며 두 공간이 겹쳐졌다. 나는 지금 여기에 있는 동시에 병사였던 시절로 되돌아갔다.

나는 악보를 보면서 들었다. 음악을 들으면서 보기도 했다. 그러한 현상이 최고조에 다다르기 직전에 갑자기 깨달았다. 전기 충격이라도 받은 것처럼 뭔가가 뇌리에 번뜩였다.

그리고 당시 거기서 무슨 일이 일어났는지 전부 알았다. 지금 울려 퍼지고 있는 이 음악과 노래가 도대체 무슨 의미였는지도.

그렇다⋯⋯. **나는 그때 죽었다.**

미군은 그곳에 맹공격을 퍼부었다. 순식간에 전우들의 시체가 산처럼 쌓이는 걸 보고 내가 숲속으로 달아나자 기관총이 불을 뿜었고, 이어서 지척에 폭탄이 투하됐다.

그 폭발로 나는 죽었다. 아주 오랜 옛날에 이미 죽었다.

그런데 어째서 나는 여기에 있을까. 당시 어느새 찾아온 밤에 눈을 뜬 나는 분명히 살아 있었고, 그 후로도 계속 삶을 이어왔다.

도대체 어떻게 된 걸까⋯⋯. 답은 실로 간단했다.

숲속의 고무나무에 둘러싸인 우묵한 원형 광장에서 치러진 의례, 거기서 연주되던 음악. 그 정체를 통틀어 굳이 고풍스러운 일본어로 표현하자면, 이렇게 부를 수 있으리라.

초혼술.

그날 일본군을 먼지처럼 쓸어버린 미군의 맹공격은 그 마을 사람들의 목숨도 적잖이 빼앗았다. 부상과 질병, 노쇠, 천재지변에 의한 죽음은 기꺼이 받아들인 그들도 그러한 죽음은 도저히 용납할 수 없었다.

아마 죽은 사람 중에는 부족에게 더할 나위 없이

소중한 인물도 있었으리라. 그래서 그들은 조상 대대로 전해져 내려온 비밀 의례를 거행했다.

그런데 어찌 된 일인지 부족과는 전혀 무관하게 널브러져 방치되어 있던 시체에 그 힘이 작용했다. 오랫동안 망각되었던 터라 역시 의례에 완벽을 기하기가 쉽지 않았던 걸까.

아무튼 일찍이 높은 양반들이 기대한 대로 국가를 위해 개죽음을 당한 나는 저승에서 불려와, 혹은 무無에서 되살아났다.

그것이 기대한 결과도, 하물며 환영할 만한 일도 아니었음은 마을 사람들의 반응만 보아도 명백하다. 내가 거기에 나타났으니 원래 의례 대상이었던 인물은 부활에 실패한 건지도 모른다.

육체를 되찾은 나는 이미 죽은 줄도 모른 채 몇십 년을 지내왔다. 자신이 이 세상 사람이 아닌 줄도 모르고서 방황하는 망령이 되어. 하지만 그 계기가 된 음악은 언제까지나 마음에 응어리로 남아 기억을 불안하게 들쑤셨다.

그리고…… 나는 자진하여 그 음악을, 즉 이 악보를 손에 넣었다. 그 정체가 무엇이고 어떤 결과를 초래하는지 꿈에도 모른 채.

초혼술을 두 번 받은 사람은 어떻게 될까?

마법이나 요술은 같은 술수로만 풀 수 있다는 말이 있다. 열쇠를 두 번 돌리면 자물쇠가 잠겼다가 풀리듯이, 만약 그런 일이 일어난다면……

그런 생각이 머리를 스친 순간 몸이 기우뚱하는 것을 느꼈다. 어느 틈엔가 머리와 팔다리가 부슬부슬 허물어져 모래알처럼 주르르 흩어지고 있었다.

아아, 그랬구나. 나는 의식이 흐려지는 와중에도 진상에 납득했다.

요 몇십 년은 그 밤의 비밀 의례를, 그 거대한 실수를 바로잡기 위한 시간이었다고. 이 악보를 찾아내기 위해 밟아온 여러 과정은 내가 동남아시아의 이름도 없는 전사자로 돌아가기 위한 여정이었다고.

눈알과 함께 사라져가는 시야에 문득 사람 하나가 들어왔다. 이 악보를 내게 전해준 남자였다. 아무래도 내 뒤를 쫓아 성채에 다다른 모양이었다.

하나 지금 내 모습이 그에게 보이기는 할까. 그는 이렇게 될 줄 알고서 그렇게 끈덕지게 캐물은 걸까.

그야말로 이제 와서 쓸데없이 뒷북을 친 셈이었다.

(잘 있게, 실력 좋은 악보 탐색인.)

이제 완전히 형체가 사라진 팔을 흔드는 모습이 보였는지 어쨌는지, 남자가 살며시 미소 짓는 것 같았을 때였다. 갑자기 머릿속에서 음악이 멈추고…… 모든 것이 무로 변해 끝을 맺었다.

삼중십자 깃발 아래

1

수도 부쿠레슈티, 스피리 언덕에 우뚝 선 '카사 포 포룰루이Casa Poporului'(인민궁전)는 정면 폭 275미터, 바깥을 둘러싼 도로의 총 길이가 3킬로미터에 달하는 백악의 대전당이다.

1989년에 민주혁명을 거쳐 국회궁전으로 개명됐지만, 지금도 사람들에게는 예전 이름이 잘 통한다.

지상 10층, 지하 4층에 방의 개수는 다 합쳐서 3천 개가 넘는다. 총면적은 33만 평방미터로 미국 펜타곤에 이어 세계 2위를 자랑한다는데, 만약 규모와 들인 비용에 비해 그 성과가 얼마나 별 볼 일 없고 무의미하냐를 두고 겨룬다면 분명 부동의 세계 1위다.

또한 명칭이 실태와 동떨어져 있다는 점에서도 그러하다. 왜냐하면 어떠한 의미에서도 일반 국민을 위한 건물이 아니라, 어디까지나 지배자와 그 가족, 그리고 추종자들을 위한 사적 소유물이었기 때문이다.

독재자 니콜라에 차우셰스쿠는 빈곤한 국민은 거들떠보지도 않고 16억 달러라는 거액을 퍼부어 온갖 까탈을 부리며 공사를 진행했다. 그동안 루마니아 전 국토의 대리석을 닥치는 대로 채굴했다. 그 탓에 사람들은 묘비조차 세울 수 없었다고 한다.

내친김에 궁전 정면에 뻗은 불레바르둘 우니리Bulevardul Unirii(통일대로)를 샹젤리제 거리 수준으로 만들고자 거창한 확장 공사를 실시했다. 덕분에 테라스에서 보이는 전경은 최고지만 역사적 건축물은 모조리 철거되어 안 그래도 파괴에 신음해온 이 도시는 더욱 큰 상처를 입었다.

자신만의 궁전을 만들기 위해 노심초사한 대통령 각하는 결과적으로 자신이 공포로 지배해온 국민들에게 총살당하고 말았다. 하지만 그렇게까지 해서 완성시키려 한 스탈린 양식 궁전의 위용은 볼썽사납기 짝이 없어 사람들에게 아무런 감흥도 주지 못했다.

같은 궁전이지만 시나이아 지방에 지금도 남아 있는 옛 왕가의 여름 별궁 펠레슈성의 아름다운 모습과는 비교도 안 된다. 그보다 몇백 배나 규모가 크다 한들 애당초 품성부터 하늘과 땅 차이다.

외관은 네모난 상자를 쌓은 것처럼 무미건조하며, 아치를 무턱대고 많이 집어넣어 싸구려 티가 철철 흐른다. 내부 조각 장식도 기계를 사용해 날림으로 해치웠음이 한눈에 보인다. 궁전이라기보다는 상업 시설 같다. 제대로 된 서비스도 없이 단체 손님이나 받고 내보낼 줄만 아는 매머드급 호텔도 이보다 조금은 더 나을 것이다.

무엇보다 터무니없이 넓은 탓에 어딜 보아도 휑하고 살풍경하기 그지없다.

남편과 함께 권력을 마구 휘둘렀던 엘레나 부인이 사람들 앞에 화려하게 등장할 때 사용하도록 커다란 전용 계단을 설치했는데, 이게 정말로 평범한 계단에 지나지 않는다. 재료를 제외하면 어지간한 백화점 어디에서나 볼 수 있을 만큼 디자인이 흔해빠졌다.

물론 일국을 대표하는 건물이므로 분명 건축가도 미술가도 최고의 인재를 모아서 지었을 것이다. 하지만 그 결과가 이 모양 이 꼴이라면, 당시 사회주의 인민공화국은 소문으로 들리는 어느 나라와 비슷하게 연줄과 파벌과 자기 밥그릇 챙기기가 횡행하여 정말로 재능 있는 인재가 빛을 볼 수 없는 시스템이었으리라 짐작할 수 있다.

이렇게 악담을 퍼부을 바에야 안 오면 된다. 그럼에도 코스별로 세세한 요금이 붙고, 사진을 촬영하려면 별도 요금을 내야 하는 견학 여행을 신청하면서까지 '인간의 어리석음을 보여주는 거대한 유산'을 방문한 데에는 이유가 있었다.

'인민궁전'을 제대로 봐두고 싶었기 때문이다. 이나라의 과거와 현재를 파악해두는 것이 이번 일을 맡을 때 필요한 사항 중 하나라는 생각이 들었다.

견학을 마친 후 입가심할 요량으로 부쿠레슈티 시가지를 한가로이 거닐었다. 그 옛날, 추축국에 가담해 나치 독일 저리 가라 할 만큼 폭정을 펼친 탓에 제2차 세계대전 말기에는 영미 폭격기의 거센 공격을 받아 무참하게 파괴당했다.

전쟁이 끝난 후에는 아까 잠깐 설명했듯이 공화국 정부 지배 아래 '합리적'인 도시 건설이 추진됐다.

그 결과 일찍이 '발칸의 작은 파리'라고 비유됐던 모습은 완전히 사라지고 말았다.

그래도 간신히 파괴를 면한 건물이 여기저기서 고상하고 우아한 모습을 지키고 있기는 하다. 아마도 공무원들이 깜빡 빠뜨리고 넘어갔거나, 국위 선양에 도움이 된다고 여겼기 때문이리라.

1888년에 창건된 아테네울 로믄Ateneul Roman(아테네 음악당)도 살아남은 귀중한 건물 중 하나다. 앞쪽에는 판테온 신전풍으로 원기둥을 세웠고, 그 뒤편의 거대한 돔을 씌운 원통형 본관이 콘서트홀이다.

둥그런 외벽에 낸 동그란 창문은 수금과 월계관을 형상화하여 장식해놓았다. 더 자세히 보면 코니스*부분에 글자가 새겨져 있다. 라파엘로, 코르네유, 웰기리우스, 미켈란젤로, 페리클레스, 몰리에르, 베토벤 등 음악가뿐만 아니라 다방면에서 활약한 고금의 예술가들 이름이다.

현대 예술가의 이름도 여기에 추가될 수 있을까, 문득 그런 생각이 들었다. 그래, 예를 들어 마리우스

---

* 서양식 건축 벽면에 수평의 띠 모양으로 돌출한 부분을 가리키며, 돌림띠라고도 한다.

드라고미레스쿠의 이름은?

만에 하나의 가능성도 없겠지.

설령 음악당 코니스에 빈자리가 생기더라도 틀림없이 안 된다. 시대는 이미 그를 떠났고, 두 번 다시 돌아올 낌새가 없었기 때문이다.

만약 드라고미레스쿠의 이름이 새겨질 자리가 있다면, 방금 전 '인민궁전'의 흰 대리석 정도이리라. 실제로 거기 초대받은 적도 있었다고 한다.

하지만 영광은 결국 그를 감싸지 않았다. 하기야 그래서 다행이었는지도 모른다.

트란실바니아의 흡혈귀도 무색할 만큼 악랄했던 대통령 부부에게 사랑받았다면 그의 후반생은 분명 깜깜해졌을 테니까. 그래, 지금보다 더욱…….

하나 잊히고 무시당할 바에야 차라리 꺼림칙한 존재로서 사람들의 기억에 남고 싶다는 사고방식도 있다.

만약 그가 그쪽을 바란다면 그렇게 될 가능성도 없지는 않다.

그래, 왜냐하면…….

2

　나는 아테네 음악당 근처에서 잠깐 볼일을 보고 북역에서 루마니아 국영 철도 CFR을 탔다.

　전기기관차를 선두로 달리기를 두 시간 반, 이 나라의 거의 한복판에 위치한 제2의 도시 브라쇼브에 도착했다. 하지만 브라쇼브역은 도시 북쪽 변두리에 있어, 걸어가면 30분은 걸리므로 1번 아우토가러 autogară(버스 터미널)에서 버스를 타기로 했다.

　중앙공원 옆 에로일로 거리를 중심으로 한 신시가지 일대에는 가지각색의 건물이 늘어서 있다. 태양은 한없이 밝아 트란실바니아 지방을 무대로 한 소설의 이미지에 사로잡힌 사람들에게는 꽤나 의외일지도 모르겠다.

일부 길은 차량 진입 금지라 노천카페와 노천 레스토랑이 길 한복판에서 줄지어 영업을 하고 있었다. 천막에는 하나같이 '아마 세계에서 가장 좋은 도시probably the best city in the world'라고 영어로 적혀 있어 아주 익살스러워 보였다.

아무튼 수도와는 딴판으로 개성이 물씬 풍기고 운치 넘치는 풍경이 펼쳐졌다. 반면 거리 모퉁이의 흔한 건물에 새겨진 무수한 총알 자국에서 내전이 남긴 상처를 생생히 실감할 수도 있었다.

남동쪽 방향에 솟은 탐파산은 포스타바룰산과 함께 이 도시를 감싸 안고 지켜보아온 산이다.

산허리에서 할리우드 사인과 꼭 닮은 'BRASOV'라는 흰색 글씨 간판이 존재감을 과시하고 있었다. 13세기부터 오래도록 명맥을 이어온 도시치고는 약간 생뚱맞은 느낌이었지만, 이것도 다 시대의 흐름이리라.

생뚱맞다고 하면 브란성도 빼놓을 수 없다. 드라큘라 백작의 모델이라는 꼬챙이공公 블라드 체페슈가 실은 살았던 적도 없는데, 어째서인지 그랬던 것으로 되어 있는 브란성은 브라쇼브 남서쪽 30킬로미터 지점에 위치한다. 늘 관광객으로 북적거리고 기념품 가게에는 꼬챙이공의 초상화를 인쇄한 티셔츠 같은 상품이 넘쳐난다.

다행히 이곳까지는 그 폐해가 미치지 않았다. 그 대신에 향토의 위인이자 시대에 한 획을 그은 대작곡가 드라고미레스쿠의 이름이 조금쯤은 눈에 띄어도 되지 않을까 싶었지만, 눈에 들어오는 범위에는 없었다.

아니, 있었다. 뒷골목 악기 공방에.

아주 오래되었는지 '개구리눈'이라 불리는 기포가 생긴 유리문 너머에 'Marius Dragomirescu'라고 그의 이름이 적힌 낡은 포스터가 분명히 있었다.

언제 나온 포스터인지 확인하려고 유리 너머를 응시하는데 문득 시선이 느껴졌다. 알고 보니 이 가게 딸이나 직원인 듯한 젊은 여성이 의아한 표정으로 이쪽을 보고 있었다. 게다가 눈이 마주친 다음 순간.

"무슨 일로 오셨어요?"

대뜸 그렇게 물어서 식은땀이 흘렀다.

어, 아니요, 하고 손을 내젓고 황급히 자리를 뜨면

서도 이 도시에 그의 흔적이 남아 있음에 안도했다.
그리고 오늘 여기서 만날 그에게 이 일을 말할지 말
지 생각했다.

*

몇 달 전 마리우스 드라고미레스쿠가 사람을 통해
자신의 전위 작품, 일찍이 유럽을 넘어 전 세계적으로
추앙받은 몇몇 악곡을 연주해달라고 내게 의뢰했다.

그야말로 마른하늘에 날벼락 같은 의뢰였다. 나
같은 일개 피아니스트에게 의뢰하기에는 그가 너무
거물 작곡가였던 데다, 솔직히 말해 그의 작품이 나
와는 맞지 않았기 때문이다.

최근에도 음반이 몇 장 나왔으니 마리우스 드라고
미레스쿠의 작품을 들어본 사람이 결코 적지는 않
으리라. 하지만 그게 반드시 그의 곡을 '감상했음'을
의미하지는 않는다.

왜냐하면 그가 어느 시기에 맹렬히 써낸 작품들은
애초에 감상되기를 거부하는 음악이었기 때문이다.
고막을 물리적으로 흔들 뿐, 청중의 마음을 흔들 의

도는 없었다.

　그래도 음악계는 그를 추어올렸다. 그 장본인은 전위적인 음악을 비평 대상으로 삼아 밥줄을 잇는 평론가들과 학자들이었다.

　아니, 정확하게는 그의 악곡을 추어올린 것이 아니다. 바로 악보였다. 경외심과 야유를 담아 '검은 악보'라고 불린 적도 있는 그의 악보를 칭송한 것이었다.

　무엇이 검은지는 일목요연하다. 그가 쓰는 악보는 무수한 음표와 기호로 빼곡히 메워져, 나쁘게 말하면 파리가 잔뜩 꾄 썩은 고기 같다. 좋게 말하면 비기에 적힌 고대 문자처럼 보였다.

　드라고미레스쿠는 그런 방식으로 작품에 온갖 이론과 기교를 담아냈다.

　음표 하나마다 의미가 있거나 의미가 없는 것에 의미가 있었고, 음과 음 사이의 공백에조차 무슨 이유가 존재했다. 이를테면 곡 전체가 하나의 퍼즐이며, 깊이를 모를 논리의 미궁 같은 양상을 보였다.

　비평가들은 악보에 담긴 수수께끼를 푸는 데 몰두했고, 그러다 뭔가 '발견'되면 난리를 쳤으며, 자기들

끼리 공리공론을 내놓고 대조하며 몹시 기뻐했다.

그들은 종종 큰소리쳤다. "우리는 평론을 쓴다. 왜냐하면 그 작품이 뛰어나기 때문이다. 그 작품이 왜 뛰어난가. 우리로 하여금 평론을 쓰게 하기 때문이다"라고.

확실히 그러한 의미에서 그의 작품은 완벽했다고 할 수 있다. 악보를 제대로 연주하기란 불가능하고, 듣기에 너무 불쾌했다는 점만 제외하면.

드라고미레스쿠의 이름이 점차 음악계에 대두되기 시작했을 무렵, 그의 악보를 본 연주가들은 실소하면서 "못 한다"고 내뱉었다.

실제로 드라고미레스쿠는 인간의 팔이 두 개이고 손가락이 열 개라는 사실을 무시하는 듯했다. 그의 작품은 자동피아노밖에 연주할 수 없다는 말까지 나왔고, 그래서 기계로 조작되는 악기로 자동 연주를 시도해보았지만 그마저도 오류가 발생할 정도였다.

그런데 재미있게도 젊은 연주가들 사이에서 굳이 그 불가능에 도전하는 사람들이 나타났다.

의외로 다들 잘 모르는데, 전통적인 악기 연주 세계에서도 날마다 새로운 기교가 탄생하고 연주 방법이 개발되어 어제까지는 불가능했던 일이 오늘은 가능해진다. 흡사 올림픽 신기록이 자꾸 갱신되어 한때는 세계 최고였던 기록이 점차 흔해지듯이.

나로 말할 것 같으면 그러한 경쟁에는 전혀 흥미가 없었다. 무엇보다 드라고미레스쿠의 곡을 좋아하지 않았다. 도저히 좋아할 수가 없었다.

왜냐하면, 아니 내 설명을 듣기보다 그의 음반을 뭐든지 하나 골라서 틀어보라. 그의 곡이 전혀 아름답지 않고, 듣기에 불쾌하거니와, 마음을 뒤흔들지도 못한다는 사실을 깨닫는 데 음악적 소양은 필요치 않다. 그저 어질어질하고 복잡기괴하고 무의미하니까.

비평가들이 그렇게나 열심히 찾아 헤맸고 실제로 발견한 수학적 정합성과 상징성, 그 밖의 여러 가지 요소는 무엇 하나 느껴지지 않는다. 그것들은 악보 속에만 존재할 뿐 음악으로서 들리지는 않는다.

동업자들 중에는 이의를 제기하는 사람도 있겠으나, 내게 꿈을 걸고 음악을 배우게 해준 아버지가 전통적인 조성 음악을 아주 사랑한 것에 영향을 받았는지 나는 연주할 수 없는 악곡, 연주할 수 있더라도 아무것도 들리지 않고 가슴에 와닿지 않는 악곡은 음악이 아니라고 생각한다. 음악이 아닌 것에 그럴 싸한 외관을 부여하는 도구로서 우리 연주가를 써먹어서야 되겠는가.

하기야 이런 사고방식은 소수파였던 듯 드라고미레스쿠는 현대 음악계의 총아가 되어 한때 떠나 있던 조국으로 돌아왔다. 국위를 선양하는 애국 영웅으로서 금의환향해야 마땅할 터였다.

하지만 공교롭게도 그땐 '인민궁전'을 만들어서 뽐내는 지배자들의 취향에 맞을 리가 없어, 그의 이름은 대리석에 새겨지지 않았다.

그 후 또 시대가 격변하자 변덕이 심한 비평가들은 새로운 공리공론의 원천을 찾아내 이번에야말로 짭짤하게 벌어보자고 마음먹으며 드라고미레스쿠를 잊어갔다.

하지만 작용이 있으면 반작용이 있듯이, 완전히 과거의 유물이 되어버린 그와 그의 작품을 재평가하려는 움직임이 나타났다. 옛 체제하에서는 퇴폐적이라 국책에 맞지 않는다고 경시됐지만, 그것이 오히려 전화위복이 된 셈이다.

드라고미레스쿠가 쓴 작품의 부활 공연이 기획되자 당연히 연주자가 필요해졌다. 하지만 예전과는 상황이 많이 바뀌어 연주하겠다고 나서는 사람은 거의 없었다.

그럴 만도 하다. 이제는 드라고미레스쿠의 난해한 곡을 연주하는 것이 지위와 명성으로 이어지는 시대가 아니다.

한마디로 수지타산이 맞지 않는다. 이론상 연주가 불가능한 곡은 거의 존재하지 않는다. 물론 정도에 따라 다르지만 몇 달 혹독한 연습을 거치면 어떻게든 모양이 나오는 법이다. 이런 점에서는 아직 자동 악기에 뒤지지 않는다고 하면 너무 자기 비하일까.

하지만 그렇게까지 할 가치가 있느냐는 별개의 문제다. 인구에 회자되어 앞으로도 연주할 기회가 종종 있을 곡이라면 시간과 노력을 들여 습득할 가치가 있다. 연주가에게 하나의 재산이 되는 셈이니까.

하지만 그 정도 수준은 아니라서 다시 연주할 기회가 거의 없을 곡에 귀중한 시간과 노력을 할애할 수는 없는 법이다. 물론 단 한 번뿐이라도 보수가 파격적이라면 이야기는 별개지만…….

그럼에도 나는 그 의뢰를 수락했다. 드라고미레스쿠가 나 따위에게 작품 연주를 부탁할 수밖에 없는 사정과 비슷한 사정이 있었는데, 그게 뭔지는 상상에 맡기겠다.

하지만 의뢰를 수락한 것이 예상치 못한 결과를 낳았다. 그리하여 나는 지금 이곳, 브라쇼브에 있다.

3

마리우스 드라고미레스쿠의 집은 탐파산 기슭에 꽃밭처럼 적갈색 지붕이 만발한 구시가지, 비세리커 네아그러biserică Neagră(검은 교회)와 스파톨루이 광장을 중심으로 한 스케이 지역에 있었다. 한때 인기 있었던 전위 작곡가는 거기서 조용히 여생을 보내고 있다고 했다.

아마도 생애 마지막 보금자리일 아틀리에풍 건물은 벽을 흰색으로 칠했고 창문도 큼지막하여 그의 난해한 작품과는 전혀 어울리지 않았다. 그럼 어떤 복잡기괴한 건물이라면 어울리겠느냐고 물어도 난감할 따름이지만.

한쪽 구석에 피아노는 있었지만, 그 외에 직업이 짐작되는 물품은 거의 눈에 띄지 않았고 오선지도 놓여 있지 않았다.

그는 여기서 고독하게 살고 있었다. 청소와 장보기 등 살림을 돕기 위해 고용한 사람이 가끔 찾아오는 것 말고는 애완동물 한 마리도 없이 혼자 지냈다.

"아아, 자네인가. 그나저나 굳이 여기까지 진짜로 올 줄은 몰랐군. 뭐, 아무것도 없지만 들어오게."

당연히 오늘 방문하겠다고 미리 알렸는데 깜빡하고 있었는지 꽤나 놀란 듯했다. 하지만 찾아오는 손님이 거의 없는지 반갑게 환대는 해주었다.

악마의 뿔이 연상되는 구불구불한 머리카락, 날카로운 눈빛을 내쏘는 두 눈, 옛날 사진 속에서 그는 언제나 그런 모습으로 렌즈를 노려보았다. 살짝 일그러진 입은 신랄하기 그지없는 독설을 내뱉을 것 같은 한편으로 싹싹한 분위기도 풍겼다.

확실히 그 얼굴에서는 재기와 지성이 넘쳤고 단단한 의지가 느껴졌다. 과연, 비평가들이 추어올리고 싶을 만도 했다.

지금도 그 풍모에 큰 변화는 없었다. 머리는 숱이

줄고 허옇게 세었으며 팽팽하던 피부는 쪼글쪼글 주름이 졌지만 틀림없이 드라고미레스쿠였다. 만사가 귀찮아 얼마 남지 않은 인생을 주체하지 못하는 듯 보였지만 나이를 먹으면 분명 누구나 다 그렇게 되리라.

근황을 묻자 아직 음악의 세계에 미련은 있는 것 같았지만 작곡 활동은 이미 그만두었다고 한다.

"뭐든 간에 옛날 그 시절처럼은 안 되더라고. 뭐, 그래도 구상은 내다 팔아도 될 만큼 많이 해뒀지만."

동양의 나이 든 철학자 같은 풍모로 그렇게 말했지만, 분명 소망에 불과하리라. 언젠가 집필할 거라면서 지금 현재 집필하지 않는 작가가 다시 집필할 가망은 없는 법이다.

"이번에 제가 연주할 작품 말씀인데요."

그런 속마음은 일절 내색하지 않고 말을 꺼냈다.

"그 작품에는 선생님의 개인적인 체험이 특별히 많이 반영되었다고 들었습니다. 그, 제2차 세계대전 때 겪으신 일요."

제2차 세계대전이 의미하는 바는 다양하다. 단순히 시기를 가리킬 때도 있거니와 반드시 외국과 치른 전쟁을 의미하지 않을 때도 있지만 그 부분은 모호하게 놓아두기로 했다.

"뭐, 듣고 보니 그럴지도 모르겠군. 과거와 현재가 존재하는 이상, 무엇이든 서로 연관이 없다고 단정할 수는 없는 법이니까."

드라고미레스쿠는 얼버무리듯이 말했다.

"그렇군요."

나는 일단 물러났다가 다른 방향으로 찔러 들어갔다.

"선생님의 소년기에서 청년기는 그야말로 대혼란의 연속이라 여러모로 힘들었다고 들었습니다. 그, 파시스트들이 횡행해서요."

"그런 것까지 알고 있었나?"

드라고미레스쿠는 조심스럽게 말했다. 나는 말을 이어받았다.

"예, 특히 커머실레 베르지Cămăşile verzi(녹색 셔츠)당에 대한 투쟁 활동에는 흥미가 좀 있었거든요."

그 순간 늙은 작곡가의 주름진 얼굴이 움찔 경련한 것 같았다. 하지만 바로 표정을 가다듬고 입을 열었다.

"가르다 데 피에르Garda de Fier(철위단)…… 끔찍한 시대였어. 녹색 셔츠를 입은 차별주의자 암살 집단, 그것도 모자라 신을 등에 업고 '대천사 미카엘 군단'을 자칭했으니 존재 자체가 악몽이었지……."

1940년, 동맹국 프랑스의 항복으로 흔들리면서도 중립을 지키고자 했던 루마니아에서는 추축국에 붙으려고 하는 세력이 대두했고, 일찍이 과격한 국수주의와 인종차별 활동으로 탄압됐던 철위단이 단숨에 세력을 키웠다.

코르넬리우 젤레아 코드레아누가 결성한 철위단은 아무리 보아도 쇠창살로밖에 보이지 않는 크루체아 트리플러crucea triplă(삼중십자) 깃발을 상징으로 삼았다. 그들은 총리를 두 명이나 암살하는 등 흉포하게 날뛰었으며 왕당파는 물론이요, 국왕조차 가만두지 않았다.

코르넬리우가 처형된 후 당수 자리를 물려받은 호리아 시마는 왕립 육군 참모장과 국방 장관을 역임한 이온 안토네스쿠 장군과 결탁하여 정권을 탈취하고, 국왕 카롤 2세를 퇴위시켰다.

이리하여 녹색 셔츠를 입은 집단이 일으킨 파괴와 학살의 폭풍이 루마니아 전역을 휩쓸었고, 내각에 있었던 사람들을 포함한 저명인사들도 체포 즉시 처형당했다. 특히 유대인 학살이 기승을 부렸는데, 나치 독일은 형식적이나마 강제수용소로 보냈지만 그들은 더 노골적으로 가축 처리장을 이용했다.

그 밖의 온갖 장소가 처형장으로 사용됐고, 철모르는 어린아이까지 죽여서 본보기로 삼았다. 보다 못한 독일이 개입하여 폭거를 멈추고자 했을 정도였다.

위기를 느낀 안토네스쿠는 철위단과 거리를 두었고, 결국 히틀러가 그를 신정부의 대표로 승인하여 이번에는 철위단이 숙청 대상이 되었다. 이 과정에서 내전이 벌어져 부쿠레슈티는 피바다로 변했다.

이러한 대혼란은 전쟁이 끝날 때까지 계속됐으며 공산혁명이 거기에 박차를 가했다. 차별과 압정의 불씨는 꺼지지 않고 그대로 유지되는데, 그건 훨씬 나중 이야기다. 내가 거론하고 싶은 것은 어디까지나 전쟁 당시의 일이었다.

"그 무렵에 선생님은 뭘 하셨더라. 인터뷰에 따르면 분명 파시스트에 맞서 저항 운동에 힘쓰셨다던데요?"

나는 경외하는 눈으로 상대를 바라보며 물었다.

"아아, 하지만 대단한 일을 한 건 아니야. 그때는 누구나 그랬듯이 혼란에 휘말려 영문도 모른 채 총과 곤봉을 쥐었을 뿐이지. 하기야 난 무기보다 악기를 훨씬 많이 다루었지만. 내가 배치된 곳은 군악대 같은 곳이었거든. 덕분에 손에 피를 묻히는 일만은 겨우 면했어."

드라고미레스쿠는 떠올리기도 싫다는 듯 말꼬리를 흐렸지만 나는 천연덕스럽게 이야기를 이어나갔다.

"그렇군요. 저야 태어나기도 전이니까 도움이 되고 싶어도 될 수 없었지만요."

"그때 태어나지 않아서 다행이야." 그는 내뱉듯이 대꾸했다. "아무튼 비참한 시대였어. 아니, '과거형'으로 일단락 지어서는 안 될지도 모르겠군. 히틀러는 궁지에 몰린 끝에 자살했고, 이탈리아인은 자기들 손으로 무솔리니를 목매달았어. 하지만 파시즘에 취한 대부분의 국가에서는 그렇게 되지 않았지. 철위단은 이온 안토네스쿠에게 배신당했지만, 정작 당수였던 호리아 시마는 제명을 다 누렸으니 이 세상도 영 글렀구나 싶어."

"뭐, 그건 확실히 그렇죠." 나는 대답했다. "소련의 지배 아래서 독립해 자유를 되찾은 것으로 칭송받았던 리투아니아인들이 가장 파렴치한 유대인 학살자였음을 기억하는 사람은 없으니까요. 갑자기 화제를 바꾸어 죄송합니다만, 혹시 선생님은…….”

일단 말을 끊었다가 어떤 고유명사를 일부러 빠르게 발음했다.

“……라는 마을을 아시는지요? 분명 같은 지방 출신이시라고 들었는데요.”

순간 상대의 주름지고 쑥 들어간 눈에 심상치 않은 빛이 깃든 것 같았다. 하지만 그는 태도에도 목소리에도 그런 티를 내지 않고 답했다.

“흐음……. 뭐, 이름 정도는 어렴풋이 들어본 것 같군. 그 부근에 안 간 지 한참 됐어. 외국에서 오래 생활했고, 한때 부쿠레슈티에서 지낸 걸 빼면 계속 여기 살았으니까. 그리고 젊은 사람들은 잘 모르겠지만, 옛날에는 교통이 불편해서 다른 마을에는 자주 들락거리지 않았지…….”

나는 변명 같은 상대의 말을 싹둑 자르듯이 끼어들었다.

“실은 저희 아버지가 그 마을 출신이라서요. 그 인

연으로 참으로 신기한 전설이랄까, 사실담을 알게
되었습니다. 지금까지 많은 사람들의 지혜를 빌렸지
만, 도무지 해결이 안 돼서……. 참, 모처럼 여기까지
왔으니 선생님께도 들려드려야겠네요. 아이고, 일부
러 차를 내오실 것 없습니다. 자, 그냥 앉아 계세요.
그 전설이 뭔지 말씀드리자면……."

　의미심장하게 말을 한 번 끊었다.

　"어느 날 마을 사람들이 아무 흔적도 없이 통째로
사라졌습니다."

4

"마치 하멜른의 피리 부는 사나이가 20세기에 나타난 것처럼……. 하기야 이쪽은 어린아이뿐만 아니라 어른들도 사라졌으니 더 심각하다고 할 수 있겠군요. 집집마다 식탁에는 먹다 만 음식이, 부엌에는 눌어붙은 수프 냄비와 자르다 만 고기가 방치되어 있었죠. 마치 요리를 만드는 사람도 먹는 사람도 갑자기 사라져버린 것처럼요.

늘 떠들썩하던 광장에는 어린아이들이 가지고 놀던 줄넘기와 공, 빈 캔이 널브러져 있었고, 노인들이 앉아 있던 테라스의 긴 의자에는 그날 신문이며 담뱃대가 남아 있었습니다. 가축들은 배가 고파 불만스럽게 울었고, 물레방아는 빻을 곡식도 없이 공이만 쿵덕쿵덕 오르내렸습니다. 하지만 물건이 전부다 남아 있던 건 아니에요. 금붙이와 식량은 깡그리사라졌습니다.

그렇다 보니 피리 부는 사나이라기보다 차라리 육지에서 일어난 메리 셀레스트호 사건이라고 부르고싶습니다만, 바다 위 범선에서 승객들이 실종된 그사건과도 다른 점이 있습니다. 마을 사람들이 어찌되었는지는 나중에 밝혀졌거든요. 연합군이 진주한후, 문제의 마을에서 반출된 것으로 추정되는 물품들이 대량으로 발견됐고 이어서 무서운 사실이 판명됐죠.

마을에서 홀연히 사라졌다고 추정된 남녀노소는모두 녹색 셔츠를 입은 철위단에게 학살당해, 그들의 방식으로 처리됐습니다. 그들이 왜 마을을 습격했는지는 말씀 안 드려도 되겠죠.

자, 여기서 이상한 점은 철위단이 마을을 습격했는데 왜 저항한 흔적이 남아 있지 않으냐 하는 겁니다. 여기저기 남겨진 다양한 흔적으로 보건대 마을사람들은 파시스트들이 습격할 걸 알고 황급히 달아나 일단 어딘가에 숨었으리라고 추정됩니다. 그럼 왜 허무하게 발각됐을까요? 그저 운이 없었던 탓일 수도 있고 신이 녹색 셔츠 일당의 편을 들어주었다고 볼 수도 있겠지만, 그렇다면 역시 저항한 흔적이 남았을 겁니다. 그런데 그럴싸한 흔적은 하나도 없었어요. 마치 무혈입성한 것처럼……

즉, 마을 사람들은 허무하게 적에게 발각되어 선선히 항복한 셈입니다. 이 부자연스러운 사실은 비교적 최근에야 주목을 받기 시작했는데요, 선생님은 이 일에 대해 뭔가 아시는 게 있으신지요?"

"아니, 없는데."

드라고미레스쿠는 가느다란 목이 부러질까 봐 겁날 만큼 고개를 세게 저었다.

"아무튼 아까도 말했듯이 끔찍한 시대였으니까 내통자라도 있었던 게 아닐까? 아니면 미처 도망치지 못한 사람이 고문을 당해 다른 사람들이 숨은 곳을 밝혔거나……"

"그래도 역시." 나는 말을 이어받았다. "저항한 흔적이 없다는 건 설명이 안 됩니다. 가령 선생님이 말씀하신 것 같은 상황이었다 치더라도, 은신처를 단번에 찾아내고 마을 사람들의 무저항도 유도할 수 있는 책략이 필요합니다."

"도대체 무슨 말을 하고 싶은 건가. 저항한 흔적이 있든 말든 그들이 그 후에 어찌 됐든 전부 먼 옛날의, 그것도 남에게 전해 들어 신빙성이 없는 이야기 아닌가. 마을 사람들이 모조리 사라졌다면 도대체 누가 그걸 확인했지? 마침 근처 마을에 사는 사람이 찾아오기라도 했다 그건가."

드라고미레스쿠는 흥이 깨졌다는 듯이 말했다.

"예, 확실히 먼 옛날의 이야기이기는 합니다. 하지만 남에게 전해 들어 신빙성이 없다는 지적은 사양하겠습니다. 왜냐하면 저희 아버지가 체험한 일이거든요. 아버지는 마을의 유일한 생존자로서 평생 괴로워하며 도대체 무슨 일이 벌어진 건지 고민했습니다!"

그 순간, 지금까지는 표정이 미묘하게 변화했던 드라고미레스쿠의 얼굴에 놀라움과 두려움이 확 피어났다.

나는 다시 이야기를 시작했다.

"결국 꿈을 포기하고 제게 그 꿈을 맡겼지만 아버

지는 그때 이웃 마을에 피아노를 배우러 다녔습니다. 어린 아버지의 뛰어난 재능을 발견한 분교 선생님의 권유와, 그 권유를 받아들인 부모님…… 제게는 조부모님 덕분에요. 이웃 마을이라고 해도 아까 선생님이 말씀하셨듯이 금방 오갈 수 있는 곳은 아니었는지라 집을 비운 사이에 무슨 일이 있었는지는 알 방도가 없었습니다.

아무튼 수업을 마치고 먼 길을 걸어 마을 근처에 도착했을 때 아버지는 보았습니다. 소꿉친구와 놀이친구, 분교 상급생과 훨씬 어린 아이들을 선두로 녹색 셔츠 차림 악당들에게 재촉을 받으며 걸어가는 마을 사람들의 모습을. 그 행렬에는 아버지의 가족과 친척은 물론, 근처에 사는 아저씨와 아주머니, 자신에게 배움의 기회를 준 선생님까지 포함되어 있었습니다.

무슨 일인가 싶어 숨어서 지켜보던 아버지가 말을 걸려고 하자, 지인 한 명이 알아차리고 입술에 손가락을 가만히 댔습니다. 그 정도 행동도 마음에 들지 않았는지 악마 같은 철위단 놈들은 그 사람을 사정없이 두드려 팼습니다. 아버지는 숨을 죽이고 이를 악문 채 몇 시간 전까지만 해도 오순도순 지냈던 마을 사람들이 끌려가는 모습을 그저 바라볼 수밖에 없었죠.

이윽고 일행이 마을 외곽 길 너머로 사라진 후, 아버지는 꿈에서 깨어난 것처럼 집으로 달려갔지만 당연히 집은 텅 비어 있었습니다. 이웃집도, 이웃집의 이웃집도, 갑자기 사람들이 사라진 것처럼 휑했습니다. 저항한 흔적이 없었다는 건 아버지가 실제로 목격한 사실입니다.

잠시 후 아버지는 마을 사람들밖에 모르는 지하 예배당에 생각이 미쳤습니다. 천연 동굴을 이용한 곳인데요. 철위단이 급습하자 마을 사람들이 죽음과 약탈을 피해 급히 거기에 몸을 숨겼던 것이 아닐까 짐작이 갔습니다. 경우에 따라서는 거기 틀어박혀 응전할 생각이었을지도 모르죠.

여하튼 외지인이 쉽사리 찾아낼 수 있는 곳은 아닙니다. 발견되더라도 동굴을 요새 삼아 일격 정도는 가했겠죠. 그런데 실상은 그렇지 않았습니다. 그들은 아주 허무하게 발각되어 선선히 항복했어요. 그리고 덧없이 몰살당했습니다.

그런데 도대체 어째서? 아버지는 도무지 이해가 가지 않았습니다. 하지만 그 답을 찾기 전에 일단 살아남아야 했어요. 아버지는 떨어지지 않는 발길을 돌려 고향을 탈출해…… 다행히도 살아남은 결과 아들인 저를 얻어 오늘에 이른 겁니다."

길디긴 침묵이 흘렀다. 드디어 마리우스 드라고미레스쿠가 입을 열었다.

"아주 흥미롭고 안타까운 이야기였어. 그런데…… 그게 나랑 무슨 상관인가?"

"뭐, 간단합니다." 나는 바로 대답했다. "당신도 그날 그때 거기 있지 않았느냐는 거죠. 저항군이 아니라 섬뜩한 쇠창살 문양 깃발을 든 녹색 셔츠 차림 악당으로서."

……그 질문에 대답은 없었다. 하지만 내게는 무응답이 곧 긍정의 대답이었다.

"아버지에게 이 이야기를 듣고, 오랜 세월 짬짬이 그날 무슨 일이 있었는지 생각할 때마다 한 가지 질문에 부닥쳤습니다. 동굴 속 은신처에서 아무 저항도 없이 마을 사람들을 끌어내 처형장까지 데려가려면 어떻게 해야 할까?

그리고 마침내 한 가지 결론에 다다랐죠. 열쇠는 아이들이었습니다.

　아마 아버지가 돌아왔을 때, 마을 사람들은 이미 동굴에서 꽤 오랜 시간 농성을 벌인 뒤였을 겁니다. 너무 갑작스런 사태라 식량도 물도 가져오지 못했겠죠. 사정을 모르는 아이들이 얼마나 힘들었을지는 상상하기 어렵지 않습니다. 만약…… 그때 동굴 밖에서 아이들이 좋아하는 멜로디, 이를테면 과자 상인이 마을을 돌아다닐 때 틀어놓는 음악이 들려오면 어떻게 될까요?

　네, 아이들은 바로 귀가 솔깃했을 테고, 설마 그게 속임수일 줄은 몰랐던 어른들도 경계심을 늦추었겠죠.

　망설이고 갈등하는 동안 몇 분, 어쩌면 몇십 분이 지나갔습니다. 어둡고 지루한 동굴에서 허기와 갈증에 시달리다 결국 바깥에서 들려오는 즐거운 음악의 유혹에 넘어갔을 때 비극이 일어났습니다. 아이들이 더 이상 참지 못하고 앞다투어 밖으로 뛰쳐나간 겁니다.

　하지만 밖에서는 과자와 장난감이 가득한 순회 차량이 아니라, 녹색 셔츠를 입은 무시무시한 철위단이 기다리고 있었습니다.

소년 소녀들은 녹색 셔츠 차림의 악마들에게 붙잡혔습니다. 놈들은 비겁하게도 아이들을 인질로 삼아 어른들에게 투항하라고 요구했죠. 아무리 단단히 각오했더라도 제일 약한 곳을 찔리면 저항할 방법이 없습니다. 이리하여 마을 사람들은 모조리 포로로 붙잡혀 허무하게 살해당한 겁니다.

그런데 그 음악은 구체적으로 어떤 멜로디였을까? 그렇게 악랄한 방법을 사용한 인간은 누구일까? 그 수수께끼를 풀 실마리는 전혀 없었습니다. 이 나라는 동포를 죽이고 나라를 망친 녹색 악마들을 벌하기도 전에 다른 독재 체제에 굴복하고 말았거든요.

그렇게 세월은 흘러 제가 태어나고 당신 음악을 만났습니다. 저는 당신의 음악에 묘하게 빨려 드는 동시에 강한 반감도 느꼈습니다. 해결책이 없는 그 위화감이 지금까지 제 가슴속에 응어리져 있었는데요. 이번에 당신과 인연이 닿아 연주를 앞두고 악보를 세세하게 검토하다가 어떤 사실을 알아차렸습니다. 바로 **어떤 음들이 항상 빠진다**는 겁니다.

검은 악보라는 별명대로 당신 작품은 광기가 느

껴질 만큼 무수히 많은 음표로 채워져, 항상 이상하리만치 수다스럽습니다. 그래서 이상하다는 겁니다. 어느 선율만 교묘하게 피해서 곡을 쓰는 당신의 습성이. 그게 어떤 멜로디인가 하면……. 말보다는 행동이라고 했으니 지금 당장 들려드리죠!"

5

　범죄자가 창조적인 예술가라면, 탐정은 그 뒤를 쫓는 비평가에 지나지 않는다……. 그런 말을 한 사람이 있다.

　과연, 비평가는 예술가가 남긴 결과물을 바탕으로 자신만의 분석에 나선다. 예를 들어 작곡가를 비평하자면 악보에 적힌 음표와 실제로 들리는 소리를 단서로 삼는 수밖에 없다. 바꾸어 말하자면 비평가는 **존재하지 않는 음**은 비평할 수 없으며, 애당초 음이 존재하지 않는다는 사실도 알아차릴 수 없다.

　반면 나 같은 연주가, 아니 다 그렇지는 않을지도 모르지만 아무튼 나는 연주하려는 곡을 철저하게 분석하고 해체하는 가운데 악보에 적히지 않은 부분까지 상상한다. 그렇게 해야 곡을 내 것으로 소화할 수 있다.

일찍이 경쟁하듯 드라고미레스쿠의 '검은 악보'에 도전한 사람들은 과연 이 사실을 알아차렸을까. 방금 본인에게 밝혔듯이 그의 작품에는 뭔가 빠진 부분이 있다.

그림에 비유하자면 색칠을 덜 한 부분이 반드시 어딘가 숨어 있었다. 그렇듯 부자연스럽게 빼버린 부분을 숨기기 위해 방대한 음표와 기교와 이론을 악보에 들이부은 것 같기도 하다.

내 의문이 올바른지 그른지 어떻게든 확인하고 싶었다. 아버지의 육친과 지인을 벌레 잡듯 죽이고, 홀로 살아남은 아버지를 괴롭혀온 사건의 진상을 당사자에게 직접 듣고 싶었다.

말보다는 행동이라고 했으니, 지금 당장 들려드리죠……. 그렇게 선언한 나는 망연한 표정으로 일어선 드라고미레스쿠를 본체만체하고 방구석에 놓인 피아노로 걸어갔다.

먼지를 덮어쓴 뚜껑을 번쩍 들어 올리고 냅다 건

반을 두드려 그 멜로디를 연주했다.

고작 열몇 개의 음표로 이루어진 멜로디였다. 단순하지만 어쩐지 정겹고 애수를 띤 멜로디. 이 멜로디가 죄 없는 아이들을 꾀어내 어른들에게서 저항의 수단을 빼앗고, 결국 그들 모두의 목숨마저 앗아 갈 줄 누가 알았으랴.

*

"……그런 일이 있었어. 그 후에 드라고미레스쿠가 어찌 됐는지는 당신도 얻어들었겠지만. 뭐, 그 옛날이야기 덕분에 모처럼 들어온 연주 일을 잃은 건 좀 아쉽네."

오랜만에 다시 찾은 부쿠레슈티, 아테네 음악당 근처 카페. 내가 마리우스 드라고미레스쿠에게 들려준 멜로디가 적힌 악보는 바로 여기서 지금 눈앞에 있는 남자에게 입수했다.

"그랬군요. 저도 이런 의뢰는 처음이었는지라 몹시 당황스러웠고, 고생도 했습니다만……."

기묘하고 희귀한 악보 찾기가 전문이라는 남자는

어디까지나 담담하게 말했다.

"제2차 세계대전 때 과자 상인이 루마니아 어느 지방을 순회하면서 '틀어놓았던 음악'을 설마 그런 목적으로 이용하시다니 정말 놀랍네요."

"그렇겠지."

나는 미소와 함께 고개를 끄덕였다.

"하지만 더 놀랐던 건 분명 마을 지하 예배당에서 숨을 죽이고 있었던 아이들일걸. 오랜만에 반가운 음악을 듣고 정신없이 뛰쳐나갔는데 녹색 셔츠를 입은 악마들이 기다리고 있었으니까 말이야. 그 때문에 어른들은 저항 한번 못 하고 붙잡혀서 그다음은⋯⋯.

그런 못된 꾀를 내서 마을 사람들을 꾀어낸 자가 바로 당시 철위단의 군악대 담당이었던 마리우스 드라고미레스쿠야. 하지만 그는 내게 고마워해야 해. 그 후로 그가 평생 피해 다녔던 멜로디에서 영원히 해방시켜주었으니까!"

"하지만 해방구는." 남자는 차분히 말했다. "삼중 십자의 쇠창살 속이었군요."

서태후를 위한 오페라

1

붉은 터번 위에서 커다란 갈색 손이 휙 흔들리자 차들이 기다렸다는 듯이 달려 나갔다.

명물인 인력거와 대형 짐차, 그 사이를 누비듯이 달리는 자전거 등등.

구름처럼 많은 그 차들을 몰아내듯 뒤에서 종을 땡땡 울리는 것은 요쿼이디엔처有轨电车, 노면 전철이다.

이곳에서 손꼽히는 중심가, 상하이 경마장과 와이탄을 잇는 난징루쯤 되면 물론 그렇게 자잘한 차량들만 눈에 띄지는 않는다. 듀센버그의 스포츠카, 캐딜락의 리무진 등이 제집인 양 길을 차지하고 지나간다.

또 손이 휙 올라간다. 그 순간 차량은 마지못해, 하지만 일제히 움직임을 멈추었다. 대신에 도로를 우르르 가로지르기 시작한 건 그야말로 다양한 옷을 입은 사람, 사람, 사람⋯⋯.

중절모에 검은색 창파오长袍✦, 또는 중산복中山服✦✦에 헬멧을 쓴 모습의 남자들. 양복을 차려입은 회사원도 눈에 띄었고, 밥그릇 모양의 꽈피마오瓜皮帽✦✦✦밑에 변발을 숨기고 있을 듯한 영감님이 바쁘게 지나가기도 했다.

아니, 뭐니 뭐니 해도 주인공은 여자들이다. 반짝반짝 자수를 놓은 치파오旗袍✦✦✦✦ 차림의 요염한 미녀, 하이힐을 신고 발랄하게 걸음을 옮기는 현대식 여성, 중국풍과 서양풍이 섞인 교복을 입고 머리를 양 갈래로 땋아 내린 여학생들. 이 얼마나 화사하고 혁신적인가!

그러한 모습을 안 그래도 덩치가 큰데 조금 높은 곳에서 바라보고 있는 사람은, 이야말로 상하이에서만 볼 수 있는 인도인 순경이다. 오로지 교통정리만 담당하는 그들은 손짓 하나, 호루라기 한 번으로 모두를 자유자재로 다룬다.

그리고 또 차량과 사람의 정靜과 동動이 바뀌려고
했을 때였다.

"카ㅑ!"

저 높은 곳에서 뜬금없이 큰 소리가 울려 퍼진 순
간 모든 것이 움직임을 멈추었다.

미남, 미녀, 그 밖의 수많은 사람들이 제자리에 멈
춰 섰고, 웅성거림과 발소리, 경적과 엔진 소리로 가
득하던 공간이 물을 끼얹은 것처럼 정적에 휩싸였다.

아니, 고요해진 것은 좋았던 옛 시절의 난징루를
오가는 사람들뿐만이 아니었다. **그들 바깥에 있는 사람
들**도 마른침을 삼키며 갑자기 목소리가 들린 방향을
올려다보았다.

애태우듯 뜸을 좀 들이다가 '하늘의 목소리'가 다
시 목청을 돋우어 알렸다.

"오케이, 헌하오더很好的(좋아)! 괜찮은 그림이 나
왔네, 다들 고생 많았어. 앞으로 30분간 휴식."

✦ 남자가 입는 긴 두루마기 형태의 옷.
✦✦ 중국의 정치가 쑨원이 일상생활에 편리하도록 고안한 옷. 인민복이라
고도 한다.
✦✦✦ 천 여섯 조각을 잇대어 만든 중국식 모자.
✦✦✦✦ 여성이 입는 중국 전통 의상.

크레인 끝에 달린 의자에서 감독 웨이지안쿼가 말했다.

그 순간 안도의 한숨이 새어 나오고 여기저기서 박수 소리가 들리는가 싶더니 방금 전까지 난징루에 벌 떼같이 모여 있던 사람들이 제각각 다른 방향으로 흩어졌다.

스타든 엑스트라든 이런 때에 느끼는 해방감은 똑같다. 감독이 완벽주의자다 보니, 시간과 수고와 비용이 아무리 많이 들어간 장면이라도 "카!" 즉 컷을 외친 후에 "한 번 더!" 하고 사정없이 지시하여 관계자를 조마조마하게 만들 때가 드물지 않았기 때문이다.

상하이 잉스러위엔上海影视乐园.

일찍이 동양의 할리우드로 칭송받았으며, 수많은 영화 스튜디오가 표현의 자유와 시대를 앞서가는 감각을 찾아 상하이에 모였던 시대의 흔적을 간직한 촬영 시설 겸 테마파크다.

옛 중국의 풍속, 특히 화려했던 상하이 조계 시절을 재현한 반영구 촬영장이 있는 것으로도 유명하며, 그중 신식 석조 건축물이 죽 늘어서고 노면 전철이 달리는 '난징루'는 압권이다.

촬영 시설에서 실제로 영화가 제작되는 한편으로, 촬영을 견학하고 유사 시간 여행을 체험하기 위해 영화광과 관광객이 끊임없이 찾아온다.

지금 촬영 중인 작품은 청나라 말기의 동란을 발단으로, 마도魔都라고 불린 시절의 상하이 조계를 무대로 삼아 현대까지 이어지는 신비한 활극 〈담출당안淡出檔案—The Fade-Out File〉.

메가폰을 잡은 웨이지안쿼는 차이니스 신전기파新伝綺派✦의 기수로 일컬어지며 역사물에서 범죄 액션, 더 나아가 판타지에 슈퍼 히어로물까지 마구 찍어대는 인기 감독이고, 내게는 십수 년을 알고 지낸 친구이자 이 바닥에서 함께 일하는 동료이기도 했다.

"오, 지우바오九宝. 그건 어떻게 됐어?"

촬영용 크레인에서 훌쩍 내려선 웨이지안쿼가 내

✦ '전기물'은 사실과는 다른 역사 혹은 기이한 전승, 민화 등을 제재로 삼은 작품을 가리키며, 신전기는 현대를 배경으로 삼은 전기물이라고 볼 수 있다.

얼굴을 보자마자 대뜸 물었다. 덧붙여 '지우바오'는 일본에서는 흔한 내 성 '구보久保'가 중국에서 아주 좋게 여겨지는 단어와 발음이 같아서 붙여진 애칭이다.

인사고 뭐고 없이 대뜸 질문이라니. 그야말로 '너무 참신한 인사'가 아닐 수 없지만 이 남자는 늘 이렇다. 항상 다양한 아이디어가 머릿속을 빙빙 돌고 있어, 그때그때 흥미가 있는 이야기를 꺼낸다.

지금도 그렇다. 그가 내게 준비해달라고 부탁하거나 입수해달라고 의뢰한 사항이 산더미처럼 많은데도 '그거'가 뭔지 제대로 설명도 해주지 않는다.

그렇다고 일일이 당황하고 망설여서는 양쪽 다 시간 낭비고, 이제 세계적으로 잘나가는 그가 일본 쪽 프로듀서 중에서는 오로지 나하고만 호흡을 맞춰주는 보람이 없다. 그래서 즉시 적당하게 짐작을 했다.

"아아, 그거 말이구나. 왜, 일전에 말했던 청나라 말기의⋯⋯."

아무리 오랜 기간 파트너였다지만 청나라 말기의 무엇인지 확신이 있는 것은 아니었다. 이번 영화는 근대 중국의 혼란을 배경으로 삼는 만큼 청나라 말기에서 중화민국 사이의 문물이 이것저것 스토리에 등장하기 때문이었다.

"그래, 그거야. **서태후의 오페라.** 그 일은 결국 어떻게 됐어?"

아아, 그거였구나. 나는 티 나지 않게 납득하는 동시에 속으로 회심의 미소를 지었다.

이번 영화는 무대가 무대이니만큼 그 희대의 악녀이자 독재자와 무관할 리 없지만, 다른 사람들은 무슨 소리인지 통 짐작이 가지 않을 것이다. 그러므로 설명해두자면 오페라라고 해도 페킹 오페라Peking opera, 즉 경극이다. 그렇다고 서태후가 등장하는 건 아니지만……

"아무튼 우리 조국을 철저히 빨아먹은 탓에 너희 나라와의 전쟁에 패배하는 데 일조한 서태후 그 할망구가 직접 원작을 써서 당시 일류 예술가에게 작사와 작곡을 맡기고, 엄청난 돈을 퍼부은 끝에 자신만을 위해 상연하고 다른 사람들의 관람은 일절 허락하지 않았다는 연극의 악보. 현대 음악가에게 의뢰해서 아예 새로 만들어도 되겠지만, 어쨌든 실물을 입수할 수 있으면 그게 최고니까."

이런, 이런, 알아서 멋대로 설명해주었다. 아까도

말했지만 이 남자는 늘 이런 상태라 아주 간단한 협의 한번 하는 데도 품이 많이 드는데, 오늘은 상대가 수고를 덜어주었다.

서태후가 생전에 사랑했던 경극의 악보! 참 엄청난 물건에 눈독을 들였다.

지금까지 이 남자에게 다양한 부탁을 받았고 때로는 기대에 부응하지 못한 적도 있었지만, 이번에는 특히 기상천외했다.

서태후는 경극을 유난히 사랑하여 배우들을 보호한 것으로 유명하며, 이는 서태후의 얼마 안 되는 공적 가운데 하나로 꼽힌다. 그러므로 당연히 무슨 자료가 발견될 줄 알았는데, 그게 그렇게 간단하지는 않았다.

애당초 왜 그런 것이 영화에 필요하냐면 정치적으로도 문화적으로도 혼돈스러웠던 당시 중국, 그리고 그 혼돈의 중심에 있었던 상하이에서 쟁탈전의 대상이 되었기 때문이다. 어디까지나 시나리오상의 이야기지만.

웨이지안춰의 이야기가 매번 조금씩 바뀌어서 확실히 말할 수는 없지만, 아무래도 그 멜로디 속에 대청제국의 거대한 비밀…… 막대한 재보가 숨겨진 곳, 세계의 명운에 관한 예언, 민족 봉기를 불러일으키는 메시지, 아무튼 그렇듯 히치콕식이랄까 맥거핀✦ 같은 뭔가가 포함되어 있는 모양이다.

뭐, 이 부분은 영화 제작 상황에 따라 달라지겠지.

아무튼 오랜 세월 친구이자 국적을 뛰어넘어 신뢰를 보내주는 파트너의 부탁을 들어주고 싶은 마음은 굴뚝같았지만, 일이 그렇게 술술 잘 풀리지는 않았다.

"음…… 그게 마치 뜬구름을 잡는 듯한 이야기라, 경극은 물론이고 서태후를 전문으로 연구하는 선생님들도 그런 게 있으면 제발 알려달라고 오히려 부탁을 하더라고……."

"그렇군."

순순한 대답과는 달리 웨이지안쿼의 기분이 언짢아졌음을 알 수 있었다. 완전히 떼쟁이 어린애다.

하지만 원래 이런 사람이니 어쩌겠는가. 나는 그 모습을 충분히 관찰하며 즐긴 후에 다시 입을 열었다.

✦ 관객의 호기심을 자극하며 관객을 의문에 빠트리거나 긴장감을 느끼게 만드는 사건, 상황, 인물, 소품을 지칭한다.

"……그렇지만 간신히 찾아냈어. 오늘 중에 여기 도착할 예정이야."

"!"

능청스럽게 말한 후에 나오는 그의 반응이 참으로 볼만하다.

"저, 정말이야?!"

떼쟁이 어린애가 세뱃돈과 크리스마스 선물을 동시에 받은 듯한 표정이었다.

호기심과 설렘으로 가득한 그 표정을 보고 있자니 (이게 그와 일할 때 얻는 낙이기도 하다), 아마 변두리 영화관에 숨어들어 상영이 시작되기를 마음 졸이며 기다리던 시절의 그는 이런 표정이 아니었을까 싶었다.

2

웨이지안퀴는 홍콩 출신으로, 영화감독이자 텔레비전 디렉터이며 각각의 프로듀서도 겸하고 있다.

중화인민공화국이 성립되자 본토에서 달아난 부모님 슬하에서 태어났다. 물론 홍콩 반환은 악몽에 지나지 않았던 먼 옛날의 이야기다.

학교를 졸업하고 작은 스튜디오에서 허드렛일부터 배운 것을 시작으로, 방송국에 입사하여 점차 두각을 나타냈다. 언어맞고 죽는 역할에 머무르던 젊은 무명 연기자들을 모아 그들의 액션 연기와 눈부신 연출력에만 의지해 초저예산 쿵푸 영화를 제작, 감독했는데, 예상외의 대박이 터졌다.

그 후 일본을 제외한 아시아 영화가 급속하게 발전하고 수준이 향상되는 가운데 그 흐름을 탄 듯이 대작과 화제작을 연발했고, 결국은 부모를 추방한 중국 본토에서 초빙하기에 이르렀다. 일본과의 합작에도 적극적으로 참여했으며, 중국을 무대로 한 일본 만화 〈전국사자전戰國獅子伝〉의 영화화를 계기로 나와 함께 일하게 되었다.

한때는 '일본 만화, 애니메이션 실사화 대왕'이라는 이명을 얻기도 했지만, 조국 전통의 지괴志怪＋풍괴기 옴니버스 〈이류오종異類五種〉에서는 차분한 영상미를, 국성야 정성공＋＋을 주인공으로 삼은 〈명청질풍록明清疾風錄〉에서는 화려한 전투 장면을 뽐냈고, 더 나아가 고대 로맨스 〈우초전虞初伝〉에서부터는 꼼꼼한 연출력이 주목을 받았다.

이번 〈담출당안〉은 그가 할리우드에 진출하여 경쾌한 소녀 액션 〈스쿨걸 익스프레스38〉로 상당한 성과를 거두고 개선한 후 처음 착수한 일로, 내게는 오랜만에 그와 콤비를 이룬 작품이다.

그런 만큼 아무리 의미가 불분명하고 엉뚱하더라도 그의 바람을 이루어주고 싶었는데, 다행히 실망시키지는 않은 것 같다.

"역사의 뒤안길로 사라져 아무도 모를 정도로 진귀한 악보를 전문적으로 수색하는 남자가 있거든. 요전에 일본에 돌아갔을 때 그 사람을 소개받았어. 그렇지만 그쪽에서 이렇게 빨리 연락을 줄지는 나도 몰랐네."

내 말에 웨이는 그러냐며 고개를 끄덕이다가 얼굴을 들었다.

"지우바오, 실은 나, 아니 내 조상님은 서태후와 조금 연관이 있어. 그것도 남들에게는 솔직히 말 못할 법한 일로. 뭐, 내 입장에서는 일종의 속죄랄까, 언젠가는 다루어보고 싶은 이야기였어. 그 건에 대해서는……. 어, 벌써 말했다고? 그랬나?"

현대인, 그것도 인기 영화감독인 웨이지안쿼가 왜 먼 옛날에 죽은 서태후와 관련하여 속죄를 해야 하는가. 그 사정은 이번 부탁을 받았을 때 자세하게 들

✦ 중국 육조 시대에 나타난 소설의 한 형태. 괴이하고 초현실적인 소재를 짤막하게 다룬다.
✦✦ 청나라에 대항하여 명나라 부흥 운동을 전개한 장수.

었다.

그러므로 안 그래도 말이 많은 그가 쓸데없이 이야기를 재탕하지 않도록 선수를 친 건데, 그 이야기는 다음과 같다.

1928년이니까 중화민국 17년, 국민당군이 당시 허베이성 쥰화현에 있었던 청동릉을 대규모로 도굴했다.

불량배 출신의 군벌 지도자이자 국민당군에게 귀순과 이반을 되풀이하던 쑨뎬잉이 국민혁명군 제6군단 제12군을 이끌고 선양 동쪽, 청나라 역대 능묘 근처에 주둔한 것을 기회 삼아 부장품을 노린 것이다. 그중에서도 고종 건륭제가 묻힌 유릉과 서태후가 잠든 정동릉이 심하게 약탈을 당했다.

무덤이라지만 저마다 부지가 넓고 지상과 지하에 건물이 있다. 원래는 6년을 들여 광서 5년(1879)에 서태후와 병립했던 동태후의 능묘와 비슷한 규모로 완성됐다. 물론 생전 착공이다.

하지만 얼마 지나지 않아 동태후가 죽고 정권을 손에 쥐자, 서태후는 세월이 흘러 노후화했다는 이유로 자기 능묘를 대폭 증개축하라고 명령했다.

이리하여 13년의 세월과 은 150만 냥이 투입된 대공사가 시작되었다. 주전인 릉은전과 좌우의 배전에는 희소한 고급 나무인 금사남목과 황화리가 사용되었고, 그 밖에도 황금 장식을 넉넉히 설치하는 등 규모가 역대 후비들 무덤의 십수 배에 달하는 그녀의 무덤은 이미 20세기에 들어선 광서 34년(1908)에야 완성되었다.

덕분에 제일 먼저 약탈의 대상이 되었으니 얄궂다고 해야겠지만, 동시에 서태후가 중국 국민에게 얼마나 미움받았는지를 보여주는 증거이기도 하리라.

그렇다고 도굴이라는, 문화와 역사를 모독하는 수치스러운 범죄가 정당화되지는 않는다.

그럼에도 쑨뎬잉은 장제스와 쑹메이링 등 유력자에게 보물의 일부를 뇌물로 바쳐 처벌을 면했다. 이 사건이 없었다면 폐위된 황제 푸이가 분개한 나머지 서둘러 일본 군부와 결탁해 만주국 황제로 복위를 꾀하는 일도 없었으리라 평가되기도 한다.

정동릉은 난폭하게도 일부를 폭파한 후 병사들이 우르르 몰려 들어갔다. 일설에는 목관을 때려 부수자 서태후의 시신이 백골로 변하지도 않고 원형을 상당히 유지하고 있었다는데, 그 후 서태후는 엄청난 능욕(시간屍姦을 당했다는 역겨운 소문은 지어낸 이야기라 하더라도)을 당했다.

옥 203개를 금실로 꿰매어 붙인 요와 진주 3,720개를 꿰매어 붙인 이불을 강탈하고 시신을 끌어내어 의복은 물론 양말까지 몽땅 벗겨 안에 보물이 없는지 확인했다.

그리고 총검으로 입을 비집어 벌렸다. 사후에 입에 넣는 '야명주'라는 커다란 흑진주를 꺼내기 위해서였는데, 볼일이 끝나자 시신은 밖에 내버렸다.

이 밖에도 알이 굵은 진주 12,604개, 보석 87개, 가지각색의 비취로 진짜와 똑같이 만든 연꽃과 연잎, 수박 2개와 복숭아 10개, 역시 다양한 빛깔의 보석으로 만든 자두, 살구, 대추를 합쳐서 200개 약탈했다. 거기에 금은으로 만든 백팔여래도 있어 운반을 위해 마차를 수십 대나 동원했다고 한다.

그리고…… 그때 웨이지안쿼의 증조할아버지뻘인 사람도 말단 병사로서 도굴에 가담했다.

웨이지안쿼가 부모님에게 들은 바로 그 조상님은 자기 몫을 제대로 배분받지 못했다. 애당초 무덤을 파헤치는 천벌 받을 짓에는 마음이 내키지 않았다고 하는데, 그건 어디까지나 본인의 변명에 불과하다.

실제로 조상님은 정동릉에서 빈손으로 돌아오지 않았고, 웨이 씨 집안사람들은 그때 조상님이 가져온 전리품을 대대로 물려받았다. 꽤 많이 미화됐겠지만 전해지는 바에 따르면 조상님은 훔칠 생각이 전혀 없었고, 오히려 다른 병사들이 가치가 없다며 버린 물건이 아까워서 몰래 가지고 왔다고 한다.

격동의 20세기랄까, 어쩐지 허구 같으면서도 묘하게 현실적인 부분이 있어 웨이지안쿼의 장기인 실감 나는 허풍을 들은 것 같기도 했다.

하지만 그게 아니었다. 내게 악보를 구해달라고 부탁하면서 그는 조상님의 전리품을 실제로 보여주었다.

"이게 그거야. 이번 영화에서 분위기를 조성할 소도구로 써먹을 수 없을까 싶어서 생가에서 가지고 왔지."

얇은 비단이라고 하면 듣기에는 좋지만 지저분하고 얄팍하니 평범한 천이었다. 빛을 비추면 반짝반짝 반사되는 것이 조금 재미있는, 그냥 그 정도의 물건이었다.

"서태후의 몸에 살짝 덮여 있었다는데, 쏜뎬잉 휘하의 부대에게는 이딴 것보다 진주와 옥이 박힌 이부자리가 더 중요했어. 얇은 비단도 팔면 돈이 좀 되겠지만 말 그대로 보물 산이 눈앞에 있으니 하찮게 느껴졌겠지. 아무튼 조상님이 이걸 챙겨서 가지고 왔고 부모님에 이어 내 것이 된 거야."

듣고 보니 나름대로 기구한 운명을 타고난 물건이다 싶었다. 하지만 마귀할멈 같은 이미지뿐인 서태후에, 그것도 시체에 덮여 있던 천이라니 솔직히 별로 탐탁지는 않았지만…….

응? 나는 눈을 실룩했다. 뭔가가 보인 것 같았다.

(방금 그거 뭐지……. 한자 '四'나 '五', 그리고 가타카나 'ㅗ' 같은 글자가 잠깐 어른거린 것 같았는데?)

두세 번 눈을 깜박이고 다시 보았지만 이렇다 할 변화는 없었다. 그 자리에 있었던 물건 중에 그런 글씨가 적혀 있던 것은 하나도 없었고, 착각의 원인이 될 만한 물건도 눈에 띄지 않았다.

단 하나, 웨이지안쿼가 들고 있던 낡은 비단을 제외하고는.

하지만 확인하려고 얼굴을 가까이 대자 웨이는 재빨리 비단을 접어서 조그마한 상자에 집어넣었다.

"내 정신 좀 보게, 무슨 이야기를 하려고 했더라. 맞다, 그 건으로 서태후 할망구에 대해 생각하다가 이 비단이 떠올랐고, 우리 조상님이 어떤 부끄러운 짓을 저질렀는지도 털어놓게 된 거로군."

"그렇다면." 나는 물었다. "네가 본래 하려고 했던 이야기도 서태후와 관련이 있겠구나."

"응. 실은 이번 영화에 꼭 도입하고 싶은 요소랄까 취향이 있어서. 바로…… 〈서태후의 오페라〉야."

이때 웨이의 부탁이 뭔지 확실해졌다.

"서태후의 오페라?!"

나는 엉겁결에 되뇌었다. 그러자 웨이는 웃음을 띠며 말했다.

"아무렴. 좀 더 정확하게는 **서태후를 위한 오페라**라고 해야겠지만."

자, 이리하여 나는 '서태후 그 할망구가 직접 원작을 써서 당시 일류 예술가에게 작사와 작곡을 맡기고, 엄청난 돈을 퍼부은 끝에 자신만을 위해 상연하고 다른 사람들의 관람은 일절 허락하지 않았다는 연극의 악보'를 구해달라는 웨이지안퀘의 부탁을 받고 수색에 나선 것이다.

3

그 악보를 가져온 남자에 대해 내가 아는 바는 거의 없다.

내 나름대로 연줄과 인맥을 동원해 수소문하던 도중에 이런 사람이 있다는 대답을 들었을 뿐이다. 실제로 어디서 어떻게 이번 이야기가 그 남자에게 전해졌는지는 확실치 않다.

아무튼 상하이에 있는 내게 물건이 도착했다. 늘 진기하고 희소한 악보를 찾아 전 세계를 여행한다는 그 남자가 직접 가져다주었다.

너무 무덤덤하게 "찾았습니다" 하고 연락해서 조금 김이 샜을 정도다. 하나 놀라고 기뻐할 웨이지안퀴의 얼굴을 상상하기만 해도 즐거웠다.

실물을 확인하자 묵직한 종이는 허름했고 잉크로 쓴 육필도 빛이 바래, 확실히 한 세기 이상의 세월이 느껴졌다. 반면 그 내용이 완전히 서양식으로, 우리에게 익숙한 오선지에 음표가 적혀 있어서 약간 의외였고 조금 실망스럽기도 했다.

나는 경극 대본과 악보를 원래 어떤 식으로 적는지 모른다. 중국 음악의 기원은 공자 시대 이전까지 거슬러 올라가니까 분명 독자적인 기보법이 있었겠지만, 어떤 방법을 썼는지는 짐작도 가지 않는다.

하지만 짐작이 가지 않는 만큼 공상은 부풀어 오르는 법이고, 직업상 '그림이 되는지'를 무엇보다 중시하는 버릇 탓에 서태후의 오페라 정도면 필시 난해하고 기상천외하지 않을까 상상했다.

공교롭게도 근거 없는 내 상상과는 달리 중국에서는 일찍부터 경극과 각지의 다양한 전통 예능에 서양식 기보법이 정착됐으며, 청나라 말기에는 외국인 음악 교사와 그들에게 배운 사람들이 이러한 악보를 작성했던 모양이다.

하기야 남자의 설명에 따르면 처음부터 느닷없이

오선지에 악보를 적지는 않았던 듯하다.

"처음에는 중국 전통 방식으로 악보를 썼을 겁니다. 가장 대표적인 방식인 '공척보'는 한자와 숫자로 음계를 나타냈는데요. 훗날 기록으로 남기기 위해 새로 작성한 것이 이 악보로 추정됩니다. 참고로 이 악보는 중국 말고 다른 나라에서 찾아냈습니다."

과연 그렇구나. 만약 영화에 필요하다면 이 악보를 바탕으로 다시 '공척보'를 쓰면 되고, 이 남자에게 원본을 구해달라고 의뢰해도 된다. 직업병인지 그만 그런 계획을 떠올리고 말았다.

"그렇군요, 그런데 내용 말인데요……."

나는 악보를 눈으로 훑으며 말했다. 생떼나 다름없는 불만을 품기는 했지만, 우리도 이해하기 쉽게 써놓은 덕분에 어느새 머릿속에서 중국 연극 특유의 화려하고 떠들썩한 무대가 재현되기 시작했다.

하지만 악보는 그럭저럭 읽을 수 있어도, 곁들여진 노래와 대사는 무슨 뜻인지 통 알 수가 없었다. 일본어와 일본 현대 문화를 갓 접한 중국인 학생에게 갑자기 가부키 대본을 던져준 셈이나 마찬가지여서 영 만만치 않았다.

그래서 그 부분에는 바로 백기를 들기로 했다. 이 악보를 찾아내서 가지고 온 남자야말로 적임자다 싶어 내용을 물어보았다.

"그게, 흔하디흔한 슬픈 사랑 이야기입니다. 아름답고 총명한 아가씨가 고귀하고 부와 권력도 넘치게 갖고 있지만 고독에 시달려온 귀공자와 만나 대번에 사랑에 빠집니다. 하지만 두 사람의 행복은 그리 길지 않죠.

여기서 거대한 힘을 지닌 숭엄한 누군가가 등장합니다. 이 인물은 아주 훌륭하고 자비심이 넘치는 것처럼 그려지지만, 쭉 읽어보면 하는 일마다 사악하고 잔혹하여 참으로 기묘한 느낌이 들어요.

아무튼 이 숭엄한 인물 때문에 연인들의 운명이 바뀝니다. 있는 그대로 말하자면 이 두 사람을 방해하고 괴롭힙니다만 극중에서는 어디까지나 정당한 일로 나와요. 그래도 연인들은 필사적으로 저항하며 사랑을 지키려고 애쓰지만 결국 헤어져서 어리석음과 방종―그렇게 느껴지지는 않습니다만―의 대가를 치르게 되죠.

이야기는 그 숭엄한 인물이 지옥에 떨어진 아가씨

와 그 뒤를 쫓아 전락하는 귀공자를 지켜보다 자비를 베풀어주는 장면에서 끝납니다. 뭐, 그런 느낌의 이야기예요."

나는 잠시 멍하니 있다가 남자에게 말했다.

"허, 이건…… 중국인은 전통적으로 해피 엔드를 좋아해 원전에서 정의의 무장이 비업의 죽음을 당하고 재자가인들이 슬픈 운명을 걷더라도 정의는 승리하고 연인들은 맺어지는 내용의 속편을 멋대로 만들어낸다고 들었는데, 이건 아주 희귀한 부류에 들어가는 것 아닙니까? 애당초 이런 작품을 서태후가 기꺼이 관람했을까요?"

"그 점은 말이죠." 남자가 대답했다. "이 악보를 본 소수의 사람들과, 풍문으로 내용을 들은 사람들에 따르면 이건 **서태후 본인의 사랑 이야기**가 아닐까 싶답니다. 공교롭게도 저는 전혀 믿지 않지만요."

"서태후 본인의 사랑 이야기?"

나는 놀라서 그만 몸을 쑥 내밀었다. 이 남자가 믿든 말든 흘려들을 수 없는 말이었다.

남자는 "예" 하고 고개를 끄덕이고 말을 이었다.

"서태후의 아버지는 지방 관료였지만, 서태후의 출

생지는 안후이성, 산시성, 혹은 몽골이라는 설까지 있을 정도로 기록이 제대로 남아 있지 않습니다. 까 놓고 말해 그만큼 변변치 못한 집안이었다는 뜻이죠.

서태후는 열일곱 살 때 3년에 한 번 궁중에서 치러지는 '선수녀選秀女'*라는 행사에 합격하여 청나라 제9대 황제 함풍제의 후궁으로 궁궐에 들어가 후비 후보가 되었습니다. 이때 이미 황후였던 사람이 훗날의 동태후……. 자신과 양립했던 서태후에게 밀려나는 운명을 걷는 여성이었습니다.

이듬해 서태후의 아버지는 태평천국 운동에 휘말려 대처와 수습에 몸도 마음도 바친 결과 덧없이 세상을 떠났습니다. 서태후는 돌아갈 집도 궁중에서 의지할 상대도 없이 외톨이가 되고 말았죠. 이렇게 된 이상 자신의 지혜와 재주, 미모를 무기로 삼아 살아남아야 했습니다.

서태후는 온갖 방법을 동원하여 함풍제의 마음을 사로잡았고, 그의 아들을 낳았습니다. 이 아들은 나중에 제10대 황제인 동치제가 되었고, 권력을 착착 쌓아 올린 서태후는 음모와 허식으로 가득 찬 인생을 걷게 됩니다만…… 거기에 이르기까지 서태후에게 후회는 없었을까. 예를 들어 궁궐에 들어오기 전에 사랑을 한 적은 없었을까. 혼인을 언약한 배필과 생이별하고 자금성에 들어온 건 아닐까. 뭐 그런 추측이죠."

담담한 어조였지만 무심코 끌려 들어갈 만한 내용이었다.

그래, 만약…… 이 악보에 적힌 연극이 정말로 서태후 본인의 슬픈 사랑을 그려냈다면 어떨까. 단 한 번의 추억을 인생의 만년에 연극으로 만들어 혼자 조용히 감상했다면…… 서태후라는 여성의 이미지도 꽤나 달라지지 않을까.

서태후의 완고함, 끝없는 권력욕, 그리고 종종 드러냈던 무구하기까지 한 잔혹성. 비난의 대상이었던 그러한 심성 이면에 존재했던 사연이 보이는 듯하지 않은가.

무엇보다 이건 그림이 된다. 경극이라는 형태로 재현된 젊은 시절 슬픈 사랑의 추억을 열심히 바라보는 서태후…….

✦ 청나라 황실에서 후궁을 간택하는 행사.

(웨이에게 빨리 알려주어야겠군. 하지만 여기에 이상한 영감을 받아서 영화 구상을 전면적으로 재검토하겠다고 하면 좀 골치 아픈데…….)

내가 그런 생각을 하는 사이에 악보를 가지고 온 남자는 총총히 자리에서 일어나 돌아가려고 했다.

묻고 싶고 알고 싶은 내용이 산더미처럼 많았지만, 어째서인지 그를 붙잡을 수 없었다. 바람처럼 사라지는 남자를 그저 바라만 보았다.

"아, 그러고 보니."

남자가 갑자기 나를 돌아보고 말했다.

"이런 말씀을 드리면 오히려 고민만 많아질지도 모르겠습니다만…… 그 경극 악보에는 이어지는 내용이 있는 모양입니다."

"이어지는 내용?"

무심코 되묻자 남자는 신비한 미소를 지으며 대답했다.

"네, 그 악보는 연인들이 헤어지고 천벌을 받는 부분에서 끝납니다. 하지만 그게 끝이 아니었다는 거죠. 헤어진 연인들에게는 1막의 드라마가 더 준비되어 있었지만 결국 세상에는 나오지 못했다. 그건 말

그대로 묻힌 결말, 연기하기는커녕 애당초 만들어져서도 안 되는 에필로그라서 공개할 수 없었다……. 특히 서태후의 눈에 띄어서는 안 됐다."

"그게 무슨 소립니까? 이 연극은 서태후를 위해 만들어졌고, 서태후만 볼 수 있었잖아요. 그런데 서태후의 눈에 띄어서는 안 되다니……?"

나는 이해가 되지 않아서 물었다. 하지만 남자는 수수께끼 같은 미소를 짓더니 이렇게만 덧붙였다.

"그건 모르겠습니다. 다만 그 결말 부분을 서태후는 물론 어느 누구도 보지 못했다는 것만은 확실합니다. 제가 알기로는 이 세상 어디에도 모습을 드러낸 흔적이 없어요. 적어도 그것이라고 알 수 있는 형태로는요.

……아차, 얼른 가봐야겠네요. 그럼 이만 실례하겠습니다. 또 뭔가 찾으시는 게 있으면 언제든지 의뢰해주시기 바랍니다. 다만 지금 말씀드린 악보의 결말만은 미리 사양해두겠습니다. 그럼!"

4

그 후의 촬영은 아까와는 딴판으로 조용했다.

많은 인원을 동원한 야외촬영에서, 긴박한 실내 장면으로 바뀐 것도 이유 중 하나다. 덧붙여 지금은 상하이 조계의 어느 서양식 저택에서 헝클어진 이야기의 매듭이 예상치 못한 인물과 증거의 출현으로 풀리기 시작해 방금과는 다른 의미에서 볼거리를 제공하고 있었다.

그러므로 아까 크레인 위에서 신나게 소리치던 웨이지안쿼가 얌전히 입을 다물고 몹시 고민하는 듯한 태도를 취하는 것도 무리는 아니었다.

하지만 다른 스태프와 배우들은 몰라도 나는 안

다. 그가 지금 그 악보를 생각하고 있다는 걸. 악보라기보다 거기에 담긴 의도, 서태후라는 여자의 마음, 특히 이 세상에서 영원히 묻혔다는 금단의 1막에 대해.

"카……."

아까보다 훨씬 작은 소리로 촬영을 중단시키고 잠시 휴식하라고 지시한 후, 웨이는 약간 지친 눈으로 나를 보았다.

"야, 지우바오. 그 악보 말인데……."

아니나 다를까, 그는 그렇게 말했다. 하지만 내 예상과는 전혀 다른 생각을 하고 있었음이 바로 밝혀졌다.

"네가 들려준 연극 내용에 대해 계속 생각해봤는데……. 그거 정말로 서태후 본인의 이야기일까? 평생 권모술수를 부려 수많은 사람들을 불행하게 만든 여자가 그러한 인생을 선택하기 전에 단념한 풋풋하고 덧없는 사랑을 과연 돌이켜볼까 싶어서."

"그게 무슨 소리야?"

"악보를 가져온 남자도 안 믿는다고 했다지만, 서태후가 혼자 즐겼다는 그 연극의 내용을 듣자니 아무래도 다른 이야기가 생각나서 말이야. 이건 내가 중국인이라서 그럴지도 모르지만⋯⋯."

그 말에 나도 모르게 가슴이 철렁했다. 어차피 너는 일본인이라서 모른다. 대놓고 그렇게 말한 듯한 기분이었다.

"⋯⋯그럼 어떤 이야기가 생각났는데?"

내가 중국 문화에 미숙한 건 둘째 치고 이 귀재의 입에서 어떤 해석이 나올지가 궁금해서 몸을 내밀었다.

"이 나라 사람이라면 누구나 알고 있을 슬픈 이야기. 사악한 자 때문에 헤어지고 참으로 비참한 운명을 맞는 연인 이야기야. 남자는 청나라 제11대 황제인 덕종 광서제, 즉 아이신기오로 자이티얀, 여자는 그가 유일하게 사랑한 진비라는 이름의 소녀⋯⋯."

웨이는 평소의 속사포 같은 말투와는 다르게 약간 분위기를 잡고 이야기를 시작했다.

"사촌형 동치제가 서거하고 고작 세 살의 나이로 즉위한 광서제의 배후에는 언제나 그림자 하나가 드리워져 있었지. 선제의 어머니이자 그에게는 이모에 해당하는 서태후야. 서태후가 수렴청정이라는 명목으로 실권을 장악하여 전횡을 일삼는 동안 청나라는 쇠퇴의 길을 걸었어. 광서제가 열여섯 살 때 드디어 친정을 할 기회가 찾아왔지만 서태후는 궁중의 각 방면에 손을 써서 실권을 넘겨주지 않았고, 젊은 황제는 꼭두각시 신세를 면치 못했어……."

그런 가운데 유일한 위안은 측실 진비였다. 진비 덕분에 광서제는 겨우 인간적인 온기를 얻었고, 하잘것없는 소국이었을 일본과의 전쟁에서 패하자 망해가는 조국의 참상을 보고 있을 수만은 없어 궁중과 민간 개혁파의 지지 아래 쿠데타를 단행하여 과감한 정치 개혁에 나섰다.

대청제국 헌법 제정, 교육과 관리 등용 제도의 전면적 재검토, 산업 진흥……. 하지만 몇 세기 동안 벌어진 거리를 단숨에 따라잡으려는 과감한 시도는 보수파의 반발을 샀다. 그 중심에 서태후가 있었음은 말할 것도 없었고, 군을 이끄는 위안스카이의 배신으로 광서제는 유폐되고 만다.

자신의 조카를 황제의 정실로 앉힌 서태후는 광서제가 진심으로 사랑한 진비도 미워했다. 유폐할 때 당연하다는 듯이 두 사람을 갈라놓았고, 광서제는 황위에 앉은 채 가혹한 수인 생활을 견뎌야 했다.

2년 후, 의화단 운동이 일어나 8개국 연합군이 베이징에 들이닥치자 서태후는 광서제를 대동해 자금성을 탈출하여 시안으로 달아난다. 그때 광서제의 마지막 희망을 끊듯이 진비는 우물에 던져져 살해당한다.

그 후 광서제는 약 8년을 더 살지만 살아 있는 시체나 다를 바 없었다. 광서 34년(1908) 10월 22일, 서태후가 사망하지만 광서제는 그 전날 이미 숨진 뒤였다. 자신이 죽을 날을 짐작한 서태후가 결코 자기보다 오래 살려두지 않겠다며 독살시킨 것으로 전해진다.

실제로 광서제의 유골에서는 보통 사람의 100배나 되는 비소가 검출됐다. 마지막 황제 선통제 푸이가 그의 뒤를 잇지만, 얼마 지나지 않아 청나라는 붕괴됐고 쑨원 등이 세운 중화민국의 초대 대통령이 된 사람은 광서제와 진비의 운명을 파멸시킨 배신자 위안스카이였다.

"이봐, 잠깐만."

나는 문득 정신을 차리고 말했다.

"네 말대로라면 서태후는 자신이 사이를 갈라놓고 괴롭힌 끝에 죽여버린 남녀의 이야기를 연극으로 만들어서 감상한 셈이야. 그렇구나, 요컨대 이건 넋풀이……. 그렇다면 서태후는 광서제와 진비에게 한 짓을 남몰래 후회하고 반성한 걸까."

내 말에 웨이는 지금까지 만나면서 처음으로 마치 애처로워하는 듯한 웃음을 지었다.

"지우바오, 역시 넌 일본인이로군. 물러, 너무 무르다고. 그게 아니야. 서태후는 반성하지 않았고, 물론 죽은 사람의 넋을 달래줄 생각도 없었어."

"무슨 소리야?"

"모르겠어? 서태후는 즐긴 거야. 자신을 거역하고 멋대로 사랑을 나누는 죄를 범한 것도 모자라 자신을 방해하기까지 한 어리석은 두 사람이 천벌을 받아 살아 있을 때나 죽은 뒤에나 지옥에 떨어져 괴로워하는 모습을!"

"마, 말도 안 돼!"

"말도 안 되기는. 이 이야기에 연인들을 지도하고, 엄하게 벌하는 숭고한 존재가 나오잖아. 그건 서태후 본인이야. 서태후는 자신을 '노불야老佛爺'라고 부르게 했어. 스스로를 정의롭고 한없이 자애로우며, 약하고 어리석은 자들을 지도하고 때로는 엄하게 벌하여 인과응보의 섭리를 알리는 지고한 존재라 여긴 거야. 전부 명쾌하잖아."

"그랬구나……."

나는 얼떨떨한 기분으로 대답했다. 심한 충격이 밀려왔다.

그렇듯 명백한 진실을 알아차리지 못하고 희대의 악녀에게도 다정하고 여린 일면이 있었다고 생각했건만 그 어수룩한 믿음이 와장창 깨져버렸다. 물렁한 나를 소리 높여 비웃는 듯한 서태후의 악의가 소름끼쳤다. 구역질이 날 만큼 무시무시한 증오…….

물적증거는 없다. 하지만 이만큼 명백한 심리적 증거가 뒷받침되었으니 더 이상 의심할 여지가 없었다.

다시 그 정경을 상상하자 진심으로 몸이 벌벌 떨렸다. 자금성 또는 서태후가 만년을 보낸 이화원에서 은밀하게 불러들인 배우들과 악사가 비밀리에 작사, 작곡된 연극을 상연한다. 객석에는 서태후 말고 아무도 없다.

이를테면 고양이가 가지고 놀다가 죽인 쥐를, 그

즐거움을 잊지 못해 현세에 되살린 것이나 마찬가지다. 그래놓고 다시 날카로운 송곳니로 찢고 잘 갈아놓은 발톱을 박아 넣는다. 인간이 할 짓이 아니다. 그러므로 그 여자, 서태후에게는 어울리는 짓이라 할 수 있을지도 모르겠지만.

그렇다면 그 뒤에 이어진다는 내용은 뭘까? 단 한 명의 관객인 서태후의 눈에도 띄어서는 안 된다는 결말은……?

생각하다 지쳐 웨이의 옆얼굴을 보았다가 놀랐다. 그도 같은 생각을 하는 것 같았다.

하나 그는 어떤 장면이든, 또는 자신이 어떤 상태든, 연출을 소홀히 하는 사람이 아니다. 촬영은 척척 진행되어 이윽고 이 세트에서 대미에 해당하는 중요한 장면의 촬영에 들어갔다.

청나라 말기부터 이 이야기의 무대가 되는 시기까지 일종의 배후 인물로 살아오며 이야기의 해설 역할을 담당하는 한 여성이 독백하는 장면이었다.

아직 젊지만 런던 연극학교에서 공부했고 소녀부터 노파, 때로는 남자 역할까지 소화가 가능한 신인 중국 여배우가 연기를 맡았다. 공교롭게도 일본 영화와 방송에서는 경력과 연기력 때문에 오히려 눈밖에 나서 제대로 된 역할을 맡지 못할 유형이다. 앞으로 이러한 배우 기용 문제 때문에 해외와 국내 작품의 수준이 절망적으로 벌어질 것이라 우려되는데……. 아차, 이건 별개의 이야기.

하여간 그 여배우가 세트에 들어오자 잠깐 이상한 분위기가 흘렀다. 현장 스태프와 다른 출연진들이 놀라움의 한숨을 지었다. 나도 좀 놀랐다.

예외는 웨이 한 사람뿐. 아직도 악보가 신경 쓰이는지, 여배우를 향한 눈은 어딘가 먼 곳을 보고 있는 것 같았다.

아무튼 엄청난 메이크업이었다. 실제 나이는 서른 살에 한참 못 미칠 텐데도, 쭉 곧은 등은 잔뜩 움츠러들었고 단정하고 아름다운 얼굴은 거칠거칠 메마른 데다 주름이 자글자글했다. 물론 특수 분장의 마술이지만, 그 배우가 이렇게까지 변신하다니 놀라지 않을 수 없었다.

왜 이렇게 늙어 보이게 화장을 했냐 하면 이번 장면은 이야기 속에서 단숨에 시간을 진행시켜 현대 시점에서 드라마를 조감하는 역할을 띠고 있기 때문이다. 과거 편의 등장인물 중에서 유일하게 살아남은 그녀의 입으로, 그려지지 않은 진상과 드러나지 않은 사정을 밝히는 장면이다.

이 영화에서 주로 다루는 연대는 1930년대다. 방과 가구는 그대로인데 같은 인물이 느닷없이 백 살도 넘은 모습으로 등장했으니 시대가 단숨에 진행되었음을 나타낸다. 그렇지 않다면 그녀는 19세기 초반에 태어난 셈이 될 테니까.

……이 기묘한 우연의 부합을 그때 나는 알아차리지 못했다.

"좋아, 그럼 시작할까. 리허설 없이 롱테이크로 가자. 넌 완전히 그 여자가 돼서 그녀가 역사 속에서 보아온 걸 이야기하면 돼. 아무도 모르는, 아니 어쩌면 너조차 모르고 지나칠 뻔한 숨겨진 진실을……. 할 수 있겠어? 아아, 그거 멋지군.

좋아, 이대로 들어간다. 음향 담당, 준비됐나? 촬영감독, 그냥 계속 찍어. 내가 됐다고 할 때까지 절대로 멈추지 마……. 좋아, 다들 정신 바짝 차리고. 그럼 레디 액션!"

호령과 함께 슬레이트를 치는 소리가 들리고……

빛나는 조명과 수많은 시선이 쏟아지는 가운데 한바
탕 백일몽이 시작됐다.

5

참으로 이상한 전개였다. 너무나 이상해서 누구 하나 말릴 수 없을 정도였다.

"그 경극의 대본이 발견됐다고……. 그 연극에는 커다란 비밀이 있어. 특히 고과孤寡✦의 모든 비밀이. 그 연극의 가사와 가락 하나하나에 고과의 마음가짐이 담겨 있지. 고과를 거역한 자를 결코 용서하지 않고, 미래영겁 저주하며, 설령 죽어서 극락정토에 가려고 해도 결코 용납하지 않는다는 마음가짐이 말이야!"

✦ 왕후가 스스로를 낮추어 이르는 말.

모두가 얼떨떨한 기분으로 노파로 분장한 배우의 독백을 들었다. 스태프 중에는 눈이 휘둥그레져서 대본을 넘기는 사람도 있었지만, 이번 영화에 그런 대사가 있을 리 없었다.

애당초 '고과'라니. 그녀는 21세기 현대까지 살아남아, 1930년대 상하이에서 발생했지만 지금은 완전히 잊힌 사건에 대해 증언하는 역할이다. 아무리 나이를 먹었어도 그런 말투를 쓸 리 없다.

(도대체 어떻게 된 거야?)

쳐다보자 다른 스태프와 배우들도 입을 떡 벌린 채, 혹은 불안한 듯이 눈을 굴리며 얼굴을 마주 보았다. 몇몇은 감독 의자에 앉은 웨이를 바라보았지만, 그는 조금도 동요하지 않았다.

……현장 총책임자인 그가 아무 말도 하지 않으니 아무도 제지할 수 없었다.

(웨이, 뭘 어쩌려는 거야?)

나는 무심코 오랜 파트너의 옆얼굴을 바라보았다. 그도 내 시선을 느낀 듯 고개를 살짝 끄덕였지만, 그이상의 반응은 없었다.

지금의 끄덕거림은 뭘까 생각하다가 "걱정 말고

놔둬"라는 뜻임을 알아차렸다. 그렇다면 나로서는 어쩔 도리도 없다.

컷, 이라는 외침 없이 필름은 계속 돌아갔고, 여배우도 이상한 연기를 그칠 낌새가 없었다.

"그런데 그 연극에 쓸데없는 막을 덧붙인 놈들이 있어. 완전무결한 이야기에 있어서는 안 되는 결말을 붙인 자가 있다고. 그런 줄 알았다면 그자에게 극형을 내리고 일족을 모조리 멸했을 텐데, 결국 고과 생전에는 그 사실을 알지 못했지. 그걸 하필이면, 하필이면……!"

피를 토하는 듯한 절규 후에 물을 끼얹은 듯한 침묵이 찾아왔다. 세트에는 영화 촬영기가 돌아가는 소리만 흘렀다.

"이봐, 아무리 그래도 이건……."

나는 웨이에게 가만히 다가가 귀에다 대고 억누른 목소리로 말했다. 그런데 다음 순간.

"그건 역시 당신 자신의 이야기가 아니었군요. 그건 이 나라 사람이라면 누구나 다 아는 슬픈 이야기. 사악한 자가 갈라놓아 참으로 비참한 운명을 맞은 연인의 이야기……. 그리고 사악한 자는 바로 당신,

서태후 폐하입니다!"

웨이는 감독 의자에서 벌떡 일어서서 말했다.

"그렇다."

몇 살인지도 모를 노파가 대답했다. 아무리 생각해도 정신이 이상해진 것 아닐까 싶은 대화였지만, 그 점을 지적하는 사람은 아무도 없었다. 오히려 마른침을 삼키며 당연하다는 듯이 몹시 기묘한 대화에 귀를 기울였다.

"고과는 이 몸을 배신한 그 두 사람을 용서할 수 없었어. 고과가 한 번도 경험해본 적 없는 사랑이니 사모니 하는 감정에 푹 빠진 건 더더욱 용서할 수 없었지. 그래서 의화단의 난을 피해 자금성에서 빠져나갈 때 그년, 진비를 우물에 던져 죽이라고 명령하는 걸 잊지 않았어. 황제인 이 몸의 조카를 유폐한 채 그냥 갈 수는 없었지만 그렇다고 자금성 벽 너머로 데리고 나가면 또 두 사람이 만나서 정을 나눌 우려가 있었거든. 적어도 그런 희망을 품을 수는 있겠지. 그래서 그년을 죽인 거다. 눈곱만큼의 희망도 남기지 않고 짓밟기 위해서.

모든 일이 잘 풀려 황제는 절망의 구렁텅이에 빠

져 젊은 나이에 폐인이 되었지만, 고과의 마음은 아직 낫지 않았어. 그래서 일찍이 총애했던 배우들과 작가를 모아, 그 두 사람이 미래영겁 벌을 받고 다시는 만나지 못하는 이야기를 만들도록 명했지.

하지만 얼마 지나지 않아 고과가 천수를 다해 저 세상으로 갈 날이 왔음을 알고 조카에게 비소를 먹이라고 지시한 건 오히려 자비로운 일이었는지도 모르겠군. 아무튼 그리하여 고과의 생애는 끝났어.

그런데…… 그런데 어째서 또 그런 일이!"

배우는, 아니 노파는 분하다는 듯이 소리를 지르고 몸부림쳤다. 모두가 일종의 괴이한 전율과 공포에 압도당해 돌처럼 굳어버렸을 때였다.

"'그런 일'이란 뭡니까?"

홀로 냉정함과 침착함을 유지하던 웨이가 다그치듯이 물었다.

"그, 그건……."

방만하기 짝이 없던 노파의 목소리에 곤혹스러움과 공포가 섞였다.

"자, 그건!"

웨이가 언성을 높여 다시 닦달했을 때 내 머릿속

에서 뭔가가 번뜩였다. 웨이의 귓가에 입을 대고 속삭였다.

"그건 어쨌어?"

"그거라니?"

웨이가 꿈에서 깬 것처럼 대답했다. 나는 연이어 말했다.

"그거 말이야, 네 조상님의 전리품!"

순간 웨이가 진지한 표정으로 곁에 있던 스태프에게 뭐라고 날카롭게 지시했다.

"……에서……를 가지고 와. 지금 당장!"

스태프는 명령에 충실하게 바로 나갔다가 돌아와서 웨이에게 어떤 물건을 건네주었다. 그 기묘한 얇은 비단이었다.

"이, 이거 말이야? 그런데 이게 도대체 왜……. 만약 저 여자가 서태후라면 이건 분명 본인의 관에 들어 있던 셈이지만…….

나는 아직 이해가 가지 않는 듯한 그의 눈앞에 스태프가 가져온 비단을 확 펼쳤다.

"봐! 넌 중국인이니까 나보다 잘 알겠지. 자, 보라고. 이 비단에 빽빽하게 수놓아진 수많은 글씨를."

"!"

촬영 현장이 소리 없이 술렁거렸다.

웨이뿐만 아니라 현장에 있던 모두가 보았다. 별다를 것 없이 평범한 비단이 흔들려 표면이 물결치자 무수히 많은 글씨가 주변으로 흩날릴 것처럼 조명에 반짝반짝 반사되는 모습을.

"공척보구나!"

웨이가 바짝 마른 목소리로 말했다. 호응하듯이 몇몇 사람들이 앗, 하고 소리쳤다.

공척보에서는 한 옥타브 낮은 솔부터 시작하여 라, 시, 도, 레, 미, 파, 솔, 라, 시로 이어지는 음계를 '합合, 사四, 일一, 상上, 척尺, 공工, 범凡, 육六, 오五, 을乙'과 같이 한자로 나타낸다. 한 옥타브 높은 음에는 사람인변을 붙이고, 리듬은 'ヽ'나 'ㅇ' 등의 부호를 붙여서 지정한다.

비단에는 그러한 부호와 연극 대사 및 가사 같은 한자가 빼곡하게 적혀 있었다.

도대체 무슨 내용인지 일본인인 나로서는 알 수가 없었고, 다른 사람들도 크게 다르지 않은 듯했다. 단한 사람, 웨이지안쿼를 제외하고.

"설마 이 비단에 글씨가 이렇게 잔뜩 담겨 있었을 줄이야. 조상님도, 부모님도, 나도 몰랐어. 하지만 이제 알겠어, 읽을 수 있다고. 그래……. 할망구, 이건 당신이 몰래 즐겼던 연극의 다음 내용, 영원히 묻힌 줄 알았던 1막이야."

그 말에 나는 몸이 굳어 미동도 할 수 없었다. 하지만 웨이지안줘는 평소보다 더욱 바쁘게 입을 놀렸다.

"여기에는 잔혹한 운명과 죽음 때문에 갈라진 광서제와 진비가 되살아나 꽃 피고 새가 우는 아름다운 풍경 속을 함께 거닐며 이야기를 나누는 광경이 적혀 있어. 언젠가 천상으로 떠날 날이 오겠지만 아직 한참 뒤의 일이지. 사악한 자는 완전히 쫓겨나서 더 이상 그들의 앞길에 어두운 그림자를 드리우지 못해. 즉, 이것이야말로 진정한 의미에서 서태후를 위한 오페라…….

분명 연극에서까지 저주받고, 짓밟히고, 비웃음을 당하는 광서제와 진비를 딱하게 여긴 당시 문인, 그에 앞서 연극 작가가 몰래 내용을 덧붙였겠지. 본편은 서태후가 생전에 사랑했던 작품으로서 서양 악보로 옮겨져 후세에 전해졌지만, 이 결말만은 결코 공개할 수 없었어. 하지만 그대로 버려지지도 않았지. 연극, 소설, 영화 모두 누군가 감상해야 존재 가치가 생기는 법이야. 이 결말이 적힌 1막도 마찬가지고. 누군지 모를, 하지만 그 연인들을 불쌍히 여긴 사람이 이 1막을 비단에 수놓아서 이 내용을 꼭 알아야 하는 사람에게 전한 거야. 그 사람의 시신을 감싸 그 사람이 가장 치를 떨 행복한 결말을 바로 곁에서 속삭이도록!"

그랬구나! 현실과 환상이 헷갈리는 가운데 내가 중얼거렸을 때였다. 웨이가 느닷없이 비단을 쥐고 노파에게 다가갔다.

"20년쯤 지나 예상치 못한 사태가 발생해 당신 무덤은 파헤쳐졌고, 또 기묘한 곡절 끝에 이 비단은 우리 집안에 보관됐어. 바로 오늘이야말로 절호의 기회가 왔네. 우리 조상님이 가지고 온 이 비단을 여기 새겨진 이야기와 함께 돌려줄게!"

말을 끝내자마자 노파에게 달려가서 피할 틈도 없이 비단을 푹 덮어씌웠다.

그 순간 시간이 멈췄다. 마치 필름이 걸린 영사기처럼, 모든 움직임이 멈추고 무서운 침묵이 주변을 지배했다.

하지만 단 한 순간이었다. 그 잠깐의 공백을 만회하려는 듯이 사람도 물건도 수선스럽게 움직이기 시작했고, 고장 난 아날로그 레코드 같은 소리가 귀청을 때렸다.

……정신을 차리자 모든 것이 원래와 다를 바 없는 촬영 현장이었지만, 단 한 명 그 노파만 없었다. 노파가 있었던 곳 옆에는 얇은 비단이 바닥에 납작하게 펼쳐져 있었다.

"이, 이건……?"

내가 겨우 그렇게 말했을 때 갑자기 경쾌한 목소리와 함께 한 여성이 들어왔다. 방금 전까지 있었던 노파와 똑 닮은 모습이라 깜짝 놀랐지만, 이 영화에 출연하는 배우 중 한 명이 백 살 넘는 노파로 특수 분장을 한 것임을 금방 알아보았다.

"늦어서 죄송해요."

그 배우는 겉모습과는 달리 젊은 목소리로 사과하며 몇 번이나 고개를 숙였다.

"분장에 시간이 많이 걸려서요. 생김새를 싹 바꾸고 주름도 그려야 해서……. 정말 죄송합니다!"

문득 고개를 돌리자 웨이가 넋이 나간 듯한 표정으로 나를 보고 있었다. 나는 정신을 다잡고 그에게 말했다.

"다행이네. 아무래도 지금은 21세기 현대가 틀림없는 모양이야. 만약 그 노파가 서태후고, 나이가 백 살쯤이라면 여기는 영화 속과 똑같은 1930년대일 테니까!"

*

"결국 그건 뭐였을까. 이런 유의 괴담이 보통 그렇듯 필름에는 아무것도 안 찍혔고, 노파가 투덜투덜 늘어놓은 불평은 한 마디도 녹음되지 않았어……."

훗날 웨이가 한숨을 섞어 말했다. 나는 고개를 저었다.

"글쎄……. 뭐, 좀스러운 우리 나라와는 달리 너희 나라에서는 이런 일도 일어나는 법인가 보지. 군이 망상을 펼쳐보자면 서태후가 광서제와 진비를 소재로 만들게 한 연극이 한 세기 만에 발굴되어 중국에 반입된 것을 계기로 그 할머니가 되살아났어. 어쨌거나 여기는 허실과 고금이 뒤섞이는 촬영 현장이고, 촬영 내용은 본인에 얽힌 이야기니까. 그런데 사후에 그녀를 몹시 괴롭히고 못살게 군 그 1막이 등장하자 더 이상 견딜 수가 없어 소멸한 것 아닐까."

"하나부터 열까지 전부 납득이 안 되지만, 그렇게라도 생각해야 마침표를 찍을 수 있을 것 같군. 알았어, 그런 셈 치자."

웨이는 쓴웃음을 짓더니 크게 기지개를 켰다. 그리고 문득 생각났다는 듯이 말했다.

"그건 그렇고 그 경극 대본 말인데, 여러모로 재미있게 쓸 수 있겠더라. 그런데 그걸 찾아내서 너한테 가져온 남자는 누구야?"

"글쎄, 누구였을까."

나는 고개를 기울이고 잠시 생각하다가 항복이라도 하듯 두 손을 들었다.

"어쩌면 그 경극을 쓴 작가 본인이라거나."

그렇게 대답했지만 정답이 아니라는 것은 나도 웨이지안쿼도 이미 알고 있었다.

비희극이라면 디오라마 극장

1

무대는 제2차 세계대전 후의 파리. 전쟁의 불길을 면한 이 도시에도 물론 다양한 상흔이 새겨져 있었습니다만, 여기저기서 벨 에포크belle époque◆가 남긴 향기를 맡기는 어렵지 않았습니다.

이 이야기의 주인공은 뉴욕에서 북쪽으로 쭉 올라간 곳에 위치한 더치스카운티 포킵시 출신의 티머시 맥스테드입니다. 이른바 '파리의 미국인'이었죠.

하지만 조지 거슈윈의 교향시를 가리키는 건 아닙니다. 그렇다고 조지 거슈윈과 헤밍웨이처럼 1920년

◆ 좋은 시대라는 뜻. 파리가 평화와 풍요를 누렸던 19세기 말부터 20세기 초를 가리킨다.

대에 파리로 와서 다양한 활동을 한 미국인을 가리키는 것도 아니고요. 1951년에 MGM에서 제작한 뮤지컬 영화입니다.

거슈윈의 악곡이 많이 사용된 그 영화에서 진 켈리가 연기한 제리 멀리건이 유럽에 주둔한 군인이었음을 기억하시는지요? 그리고 그가 조국에 돌아가지 않고 화가 지망생으로 다락방에 하숙하며 자유로이 살았다는 것도요.

실제로 그 같은 전후파 미국인 청년은 적지 않았고, 맥스테드도 그러한 삶을 실천한 사람 중 하나였습니다. 하기야 그들 같은 존재가 영화에 영감을 준 모양이니 이야기는 반대일지도 모르겠지만요.

아무튼 티머시 맥스테드, 애칭 팀은 1944년 8월 파리가 리베라시옹 libération(해방)되었을 때 이 땅을 처음으로 밟았습니다. 이듬해 5월 8일, 훗날의 페트 드 라 빅투아르 드 밀 뇌프 상 카랑트 상크 Fête de la Victoire de mille neuf cent quarante cinq(제2차 세계대전 전승 기념일)가 지난 후에도 파리에 머물렀습니다.

파리의 분위기가 참 마음에 들었던 거겠죠. 그 이상으로 여기에는 그가 추구하고 배우고 싶은 것이 있었습니다. 마치 그 영화의, 그림보다 춤 실력이 훨씬 좋았던 제리가 그랬듯이.

영화와의 큰 차이는 맥스테드가 연극의 길에 뛰어들었다는 사실이었습니다. 하지만 그가 왜 수많은 예술 중에 '르 시젬 아르Le sixième art(제6예술)'라고 불리는 연극을 선택했는지는 잘 모릅니다.

고향에 있었을 때는 연극과 무관했던 듯하고, 오로지 음악을 좋아하여 프로 음악가를 지망했다는 이야기도 있습니다.

어린 시절에 순회공연단을 구경한 것이 그 계기라고 합니다. 트레일러로 곳곳을 여행하는 배우들이 천막을 치고 보여주는 쇼. 노래와 음악이 넘치는 그 쇼에 완전히 매료되어 자신도 그 일원이 되기를 꿈꾸었습니다.

하지만 며칠 후 공연단은 떠났고 소년 팀은 아무것도 없는 마을에 남겨졌습니다. 꿈같은 나날은 끝나고, 또다시 비슷한 하루하루가 찾아왔습니다.

그 심정을 어찌 다 헤아리겠습니까마는, 그날부터 그는 갑자기 악기점을 돌아다니기 시작했습니다. 즐거웠던 며칠을 끝내지 않기 위해서는 스스로 음악을 연주하는 수밖에 없다고 생각했겠지요.

이리하여 모두 서로 알고 지낼 만큼 작은 마을에 맥스테드 집안의 아들이 음악가를 지망하며, 뜻밖에 재능이 있다는 소문이 났습니다. 하지만 금세 공기처럼 당연한 일로 받아들여져 이윽고 사람들의 기억 속에서 사라지고 말았습니다.

잠든 듯 아무 변화도 없는 이런 마을에서는 재능과 야심이 있어봤자 결국 틀에 박힌 인생을 사는 수밖에 없다, 다들 그렇게 체념하고 있었는지도 모르겠습니다.

물론 맥스테드는 꿈을 포기하지 않았습니다. 그렇지만 연주가가 되고 싶은지, 작곡가가 되고 싶은지, 이리저리 떠돌아다니는 순회공연단 단원처럼 '여행가방에서 태어난' 보드빌* 배우가 되고 싶은지도 아직 제대로 몰랐습니다.

방황하면서도 놓지 않았던 꿈을 결국 단념해야 했던 것은, 본인은 결코 이야기하지 않습니다만 역시 전쟁 때문이겠죠.

그는 파리 진주군으로 파견되기 전에 최전선에서 추축국과 싸웠습니다. 전쟁만 없었다면 결코 경험하지 않았을 일이 그를 변화시켰고, 소년 시절의 꿈을 단념시켰습니다.

하지만 그건 파리도 마찬가지였습니다. 다만 꿈을 단념하는 일을 단념시켰다는 의미에서요.

징집되지 않았다면 평생 올 기회가 없었을 파리. 거기서 그는 다양한 만남을 가졌습니다.

그중에는 당연히 음악도 있었겠지요. 실제로 그는 틈만 나면 뮤직홀과 샹소니에chansonnier[++]에 들렀고, 때로는 카바레에서 악사 아르바이트를 하기도 했습니다.

하지만 그 정도로 맥스테드가 단념한 꿈을 완전히 되찾을 수는 없었습니다. 지금까지 그와 알고 지내던 사람이 본다면 약간 엉뚱하다고 느낄지도 모르지만, 실은 의외로 그렇지도 않은 방향으로 나아갔지요.

바로 연극의 세계였습니다.

고향에서는 접할 수 없었던 화려하고 거창하면서도 긴장감이 넘치는 무대를 접하고 포로가 되었는지도 모르겠습니다. 맥스테드에게는 완전히 새로운 세

[+] 노래와 춤을 곁들인 가볍고 풍자적인 희극.
[++] 샹송을 들려주는 소극장.

계였지만, 그는 거기서 한 번 잃었던 제자리를 찾아낸 것 같았습니다.

무엇보다도 이 도시라면 아무 변화도 없지는 않겠지. 위하는 척하면서 꿈과 희망을 억누르고 꺾어버리려는 사람도 없다. 그렇다면 나중에 호되게 배신당할지언정 처음부터 포기하는 것보다는 낫다, 그렇게 마음먹었음은 상상하기 어렵지 않습니다.

일단 공부를 해서 기틀을 만드는 게 먼저다 싶어 맥스테드는 시내에 있는 대학의 공개강좌를 부지런히 들었습니다. 노력이 결실을 이뤄 담당 교수에게 추천장을 받자 그는 이제 파리 연극계의 중진인 연출가이자 한때 배우이기도 했던 빅토르 포랭을 찾아갔습니다.

한 치의 빈틈도 없이 옷을 차려입고, 숱이 줄어든 은발을 꼼꼼히 빗어 넘긴 포랭은 초로의 나이였지만 세련된 파리지앵이었습니다.

공개강좌 교수보다 교수다워 보이는 포랭은 맥스테드의 이야기를 듣더니, 마치 마술사처럼 어느 호주머니에도 들어가지 않을 것처럼 큼지막한 회중시계를 꺼냈습니다.

아무리 생각해도 20세기의 물건은 아닌 듯하고, 어쩌면 19세기 이전으로 거슬러 올라갈지도 모르는 금은 칠보 세공 시계를 빤히 들여다보다가 뚜껑을 찰칵 소리 나게 닫았습니다.

"트레 봉Tres Bon(아주 좋소), 므시외 맥스테드. 우리 극단에 온 것을 환영하오!"

이리하여 맥스테드는 포랭이 주관하는 '몽파르나스 디오라마 극장'과 부속 연극학교에 출입을 허락받았습니다.

그것이 그의 첫걸음, 아니 첫 번째 막이었습니다.

'몽파르나스 디오라마 극장'은 몽파르나스에서도 특히 극장이 많아서 극장 거리라고도 불리는 게테 거리에 위치한 조그마한 사설 극장입니다. 원래는 카프콩스, 즉 카페콩세르Café-concert(음악다방)나 영화관이었던 적도 있다던가.

이름의 유래를 거슬러 올라가면 루이 다게르가 사진을 발명하기 이전에 대성공시킨 시각 흥행물 〈디오라마 극장〉을 흉내 낸 시설이 있었다는 것이 그 발단입니다. 아무튼 포랭은 여기를 아성으로 삼아 일대에 꽤나 위세를 떨쳤습니다.

아시겠지만 파리에는 몰리에르 사후에 그의 극단을 주체로 하여 17세기에 결성된 코메디 프랑세즈가 1799년 이래 본거지로 삼은 팔레 루아얄의 '공화국 극장'—제2차 세계대전 이후의 통칭은 '리슐리외 저택'—을 필두로, 크게는 '오페라 가르니에'부터 작게는 객석이 세 줄도 되지 않는 작은 극장까지 극장이 너무 많아서 일일이 헤아릴 수가 없을 정도였습니다.

따라서 상연되는 연극도 다양합니다. 19세기 이후의 불바르극⁺을 보고 싶으면 어디어디 극장으로, 제1차 세계대전 후에 발전한 전위극이라면 무슨무슨 극장, 제2차 세계대전 후의 부조리극이라면 등등 이렇듯 취향에 따라 골라잡으면 됩니다. 아무튼 가부키나 경극도 드물지 않게 상연될 정도니까요.

그런 가운데 티머시 맥스테드가 부지런히 드나들기 시작한 몽파르나스 디오라마 극장은 어떤 의미에서 반시대적이랄까, 이 역시 독자적인 길을 지향했습니다.

이른바 피에스 비앵 페트 pièce bien faite (너무 잘 짜인 작품)가 될까 봐 두려워하지 않고, 정확한 대사 응수와 논리적인 구성으로 끊임없이 웃음과 스릴을 제공합니다. 이 방침은 다채로운 상연 종목 어디에도 일관되게 적용되었습니다.

일단 난해하면 좋게 보는 비평가와 오로지 새로움과 기묘함만 추구하는 연극광들에게는 결코 평판이 좋지 못했지만, 그래도 신작이 발표될 때마다 평범하게 재미있는 이야기를 원하는 사람들이 게테 거리로 몰려왔습니다.

맥스테드는 거기서 온갖 잡일을 하다가 드디어 연출 조수 중 한 명이 되었습니다. 그리고 그는 포랭에게 특별히 부탁하여 수습 음악감독을 맡기로 했습니다.

말하는 걸 깜박했는데 맥스테드는 미국인치고는 덩치가 작고 조용한 성격에, 허세와는 거리가 멀고 지적이기도 합니다. 그래서 고국보다 이쪽이 성미에 맞았는지도 모르겠습니다.

목표는 극장 전속 작곡가. 그리고 언젠가는 몽파르나스 디오라마 극장의 무대를, 거기서 펼쳐지는 드라마를 자신의 음악으로 채색하자⋯⋯. 그는 그리

✦ 1850년 무렵부터 프랑스에서 상연한 대중적인 풍속희극.

하여 일찍이 고향에서 맛보았던 즐거운 체험을 되살리려고 했습니다.

그러려면 음악만으로는 무리였습니다. 그렇다고 연극만으로도 부족했습니다.

그 두 가지가 합쳐져야 비로소 성립되는 무대에 대한 꿈. 그 꿈은 생각지도 못한 만남을 '파리의 미국인'에게 안겨주었습니다.

2

몇 년이 순식간에 지나갔습니다.

이러저러하는 사이에 티머시 맥스테드의 직함은 '몽파르나스 디오라마 극장 음악감독 보좌'가 되었고 거기에 연출 조수도 겸했으므로 방금 전까지는 무대에 있었는가 싶다가도 다음 순간에는 오케스트라석에 나타나는 등 동에 번쩍 서에 번쩍 활약했습니다.

그것도 모자라 리허설 사이사이에 아무도 없는 극장 맨 꼭대기 관람석에 숨어서 오선지에 펜을 놀리며 장래를 위해 노력을 차곡차곡 쌓아 올렸습니다. 그 보람이 있어 최근에는 비중이 크지 않은 배경음악과 극중 삽입되는 가곡에 맥스테드의 작품이 사용되게 되었습니다.

그리고 한 가지 더, 배우들의 노래도 지도했습니다. 그들은 배우이지 오페라 가수가 아니므로 아무리 연기가 출중하더라도 노래는 서투른 경우가 많았습니다. 그래서 맥스테드가 나선 것입니다.

훗날 몽파르나스 디오라마 극장의 간초 여배우가 되는 쉬잔 아다 샤뮈이도 그에게서 지도를 받았습니다.

나중 모습만 보면 도무지 상상이 안 됩니다만, 쉬잔은 몸집이 작고 수수하여 가령 가게에서 일하더라도 화려한 매장에 서기보다는 안쪽 공방에 틀어박혀 온종일 작업에 매달릴 듯한 아가씨였습니다. 빈말로도 명랑한 파리지앵의 느낌은 아니었지요.

다만 눈동자가 때로 신비하게 반짝여서, 그 사실을 알아차린 사람들을 매료시켰습니다.

쉬잔의 부모님은 나치 점령 당시 레지스탕스 활동에 가담했고, 그 때문에 아버지는 목숨을 잃었습니다. 원래는 실력 있는 기술자였다고 합니다.

한편 영국인 어머니는 남편의 죽음으로 인한 충격

과 정신적 피로 때문에 전쟁이 끝난 지 얼마 되지 않아 요절하여 쉬잔은 천애 고독한 신세가 되었습니다.

덧붙여 중간 이름 '아다'는 어머니 집안에서 사용되는 에이다Ada라는 이름에서 따왔다고 합니다.

빅토르 포랭은 쉬잔 아버지의 친구로, 나치 점령기에는 서로 목숨을 구해준 사이였습니다. 그 인연으로 포랭은 부모님 대신 쉬잔을 거두어 극단 부속학교에도 다니게 해주었습니다.

그런데 엉뚱한 데서 고민의 싹이 텄습니다. 극장 거리에 서식하는 인종들은 하나같이 연애에는 도가 텄거든요.

특히 배우들은 이렇다 할 활약도 없으면서 당장 내일이라도 코메디 프랑세즈의 정식 단원이 되어주겠다는 근거 없는 자신감에 찬 사람들뿐이라, 이런 '몽스트르 사크레Monstre Sacré✦들이 눈독을 들이면 쉬잔처럼 순진한 아가씨는 대번에 넘어갈 것이 뻔했습니다.

포랭이 그만 푸념을 늘어놓자 오래 알고 지낸 신

✦ 직역하면 '성스러운 괴물'이라는 뜻으로, 기인이나 괴짜를 가리킨다.

문기자는 "마치 진짜 아버지 같네요" 하고 쓴웃음을 지었습니다. 그리고 그때 마침 난센스 작가 피에르 앙리 카미—민폐 탐정 루포크 오르메스Loufock Holmès 로 익숙한—의 작품을 원작으로 한 초현실적인 익살극을 상연하는 중이었으므로 농담으로 대꾸하기로 했습니다.

"흐음, 그거 골치 아프군요……. 차라리 카미의 〈비에르주 캉 멤Vierge quand même!〉＊처럼 외과 수술로 '순결'을 떼어내 냉장고에 보존할 수 있으면 좋을 텐데."

그런데 어찌 된 일인지 그 기자는 한동안 출입 금지를 당했다고 합니다.

이처럼 포랭은 걱정이 이만저만이 아니었으므로, 하는 수 없이 쉬잔 주변에 포위망을 깔기로 했습니다. 심복들을 시켜 혈기 왕성한 사람들에게 따로따로 이렇게 전했지요.

"누구누구와 누구누구가 단장의 친구 딸을 노리고 있으니까 절대로 방심하지 마."

서로를 감시해서 견제하도록 한 겁니다.

"이야, 참 교묘하고 견고한 작전이로군요. 요컨대

'인간 마지노선'입니까?"

　겨우 출입 금지가 해제된 신문기자는 그 이야기를 듣고서 감탄한 듯이 말했습니다. 이 표현에 포랭은 아주 만족했습니다. 하지만 역시 입이 방정이었습니다.

　"하지만 마지노선에 집중된 요새들도 독일 기갑사단이 아르덴으로 기습해 들어오자 무용지물이 되고 말았죠."

　바로 다음에 이렇게 말해 또 출입 금지를 당하고 말았지요.

　그렇게까지 고생한 보람이 있었는지, 아니면 쉬잔 같이 수수한 아가씨를 노릴까 봐 전전긍긍한 것이 기우였는지, 이렇다 할 문제는 발생하지 않았습니다.

　하지만 의외의 맹점이 있었습니다. 그것은 바로⋯⋯.

　1950년 봄, 몽파르나스 디오라마 극장에서는 신작 공연 준비가 한창이었습니다.

　이름하여 〈부아야주 트라쥐코미크Voyage Tragi-

✦ '여전히 처녀'나 '어쨌든 처녀'로 옮길 수 있는 문구다.

comique(비희극적인 여행기)〉. 눈이 핑핑 돌 만큼 빠른 무대 전환 및 만화의 분방함과 극채색을 듬뿍 도입한 이야기는 극단의 역사를 새로 쓸 만큼 획기적인 작품이었습니다. 동시에 작은 의미를 하나 더 가지고 있었죠.

극단의 새로운 스타가 될 것이라 은연중에 기대를 받고 있는 쉬잔 아다 샤퓨이의 본격 데뷔 무대입니다. 지금까지도 무대에는 섰으나 중요한 역할을 맡은 것은 이번이 처음이었습니다.

처음에는 본인도 갈팡질팡했지만, 몇 번 무대에 서서 경험을 쌓는 동안 감이 잡혔는지 갑자기 의욕을 보이기 시작했습니다.

그런데 이번에는 불가사의한 동양인 아가씨라는 특이한 역할이었습니다. 게다가 극중에서 동서양 음악을 많이 사용하기로 했으므로 연기에 덧붙여 음악에 대응할 필요가 있었습니다.

그리하여…… 쉬잔은 음악감독 티머시 맥스테드에게 지도를 받게 되었습니다. 이번 공연부터 그의 직함에서는 '보좌'라는 두 글자가 사라졌습니다.

그러한 기쁨도 한몫했겠죠. 맥스테드는 단장 포랭

에게 여느 때 없이 들뜬 표정과 목소리로 이렇게 말했습니다.

"쉬잔은 목소리가 좋고 돌아가신 어머님께 피아노를 조금 배워서인지 음악적 감각도 나쁘지 않지만 솔페주solfège✦에 약한 게 유일한 결점입니다. 감은 좋으니까 기초부터 탄탄하게 키우겠습니다. 뭐, 쉬잔 정도면 금방 터득할 거예요."

물론 포랭도 이의는 없었습니다.

하나 예술에는 대담하지만 쉬잔을 걱정하는 마음은 거둘 수가 없어, 포랭은 그 양키가 설마, 하면서도 문틈으로 연습실을 살며시 엿보았습니다.

그 우스꽝스러운 모습 어디에도 평소의 차분하고 세련된 노신사 이미지는 없었습니다. 이래서야 극단 안팎을 불문하고 사람들을 매료시켜 포로로 만들기는 무리겠습니다만, 상황이 상황이니까요.

품위고 체통이고 다 버리고 들여다보니, 피아노 말고는 변변한 세간도 없는 방에서 맥스테드가 무작위로 건반을 눌러 소리를 내고 있었습니다. 쉬잔은

✦ 악보를 소화하여 연주하거나 노래할 수 있는 능력을 기르는 기초 음악 교육.

맥스테드에게 등을 돌린 채 열심히 귀를 기울이는 모습이었고요. 다행히도 청음 수업에 한창인 듯 보이는 광경이 펼쳐졌습니다.

네, 프랑스식 계이름 표기에 따르면 예를 들어 이런 식으로.

레Ré－라La－레Ré.

그렇게 들리는 음이 연습실에 울려 퍼졌습니다. 그러자 쉬잔이 갑자기 환한 얼굴로 이렇게 외치는 것이 아니겠습니까.

"아빠!"

포랭은 그만 제자리에서 굳어버렸습니다. 쉬잔이 피아노 음과는 아무 상관도 없는 대답을 해서 놀라고 당황스러웠으며, '아빠'라는 단어 자체에도 가슴이 철렁했습니다.

더욱 놀랍게도 맥스테드는 빙긋 웃으며 "오케이!" 하고 말하고, 기쁜 표정으로 몸을 돌린 쉬잔과 얼굴을 마주 보았습니다.

쉬잔이 등을 돌리자 맥스테드는 다시 건반에 손을 얹고 세 음을 잇달아 쳤습니다.

도Ut－라La－시Si.

그러자 쉬잔은 더욱 환한 얼굴로 "택시!" 하고 한 층 영문 모를 대답을 했습니다. 그다음에는 건반을 두드리는 횟수가 조금 늘어나서 다음과 같은 음이 울려 퍼졌습니다.

시Si－라La－레Ré－솔Sol－미Mi.

"휘장!"

쉬잔은 지체 없이 낭랑하게 대답했습니다. 그러자 또 맥스테드가 힘차게 답했습니다.

"오케이!"

이래서야 뭐가 뭔지 더더욱 알 수가 없습니다.

그 소리가 어째서 그런 단어가 되는 걸까. 둘 다 한 점의 망설임도 없이 수긍하는 모습으로 보아 그게 정답이겠지요.

포랭은 그 자리에 머무르며 맥스테드가 연주하는 음과 쉬잔의 대답에서 무슨 법칙성을 찾아내려고 했습니다. 그런데.

라La－레Ré－라La.

다시 수를 줄여 건반을 세 번 치자 쉬잔은 잠깐 생각하다가 킥킥 웃기 시작했습니다.

그러다 더할 나위 없이 밝고 무엇보다 기쁜 표정

으로 맥스테드를 돌아보았습니다. 그러자 맥스테드도 씩 웃더니 아무 말 없이 엄지손가락을 척 세우는 것이 아니겠습니까.

자, 이건 도대체 어떻게 된 일일까요. 한마디도 대답하지 않았는데 정답이라는 건가 싶어 포랭이 완전히 혼란에 빠진 것도 무리는 아니었습니다.

이 기묘한 문제를 풀어내려면 좀 더 잘 들어봐야겠다는 생각에 포랭은 몸을 내밀다가 그만 복도 구석에 쌓여 있던 잡동사니를 건드리고 말았습니다.

달칵, 소리는 아주 작았지만 실내의 두 사람에게 들리지 않았기를 기대하기는 어려웠습니다.

두 사람이 놀란 표정으로 문간을 돌아보기 직전에 고명한 빅토르 포랭은 간신히 그 자리에서 물러나는 데 성공했습니다.

3

이러저러하여 몽파르나스 디오라마 극장에서 〈비희극적인 여행기〉의 막이 오르는 날이 찾아왔습니다.

어쨌거나 관객을 매혹하는 동시에 도발하는 것이 빅토르 포랭의 수법이므로, 서막부터 당장 찬반양론, 갑론을박이 벌어졌습니다.

"리도Rideau(막 내려)!"

"무슨 소리야, 그렇다면 라펠Rappel(커튼콜)이다!"

장내를 메운 관객들은 1층 관람석과 2층 관람석은 물론 발코니석에서도 두 파로 갈려 떠들어댔습니다. 객석은 일찌감치 무대에도 뒤처지지 않을 만큼 열기에 휩싸였습니다.

하지만 이야기가 진행되자 찬성이 반대를 웃돌기 시작했습니다. 이윽고 어느 막에 다다르자 갈등이 가라앉아 물을 끼얹은 듯한 정적이 주위를 지배했습니다.

이 이야기의 여주인공 중 한 명, 얌전하니 수수하게 생겼지만 눈동자는 신비하게 빛나는 동양 아가씨가 등장하는 장면이 그 계기였습니다. 그 이름은 윈닝, 새로운 스타 쉬잔 아다 샤퓌이가 분장한 모습입니다.

밝은 색깔의 원래 머리를 칠흑의 가발로 감추는 김에 평소의 내성적이고 소심한 성격도 봉인해버린 것 같았습니다. 아니, 어쩌면 이게 그녀의 본모습이었는지도 모릅니다.

윈닝은 눈이 빙빙 돌 만큼 기상천외한 전개에 아기자기한 맛을 더해가며 배후에서 다양한 등장인물을 우왕좌왕하게 만들었습니다만, 이윽고 어느 한 장면에서 의외의 일면을 슬쩍 보여줍니다.

아무도 없는 간결한 잿빛 배경 앞에서 아주 평범한 동네 여학생 같은 일면을 드러내는 윈닝. 사뿐사뿐 걸으며 때로는 수다스럽게 혼잣말을 하고, 때로는 우수에 찬 표정으로 이리저리 발길을 내딛다가, 다음 순간 다시 경쾌하게 통통 튀는 모습을 보고 있으니 마치 무대가 통학로로 바뀐 것 같았습니다.

오케스트라도 음향 담당도 그동안 그녀를 지켜보기라도 하듯이 손을 멈추었습니다. 그렇다고 결코 아무 소리도 없는 것은 아닙니다. 윈닝, 아니, 쉬잔이 들떠서 휘파람을 부는가 싶더니 의미가 불분명한 노래를 흥얼거렸기 때문입니다.

라La-솔Sol-미Mi-레Ré-미Mi-솔Sol-솔Sol······.

한없이 자유롭고 변덕스럽고 무의미하면서, 때로는 가녀리게 때로는 쓸쓸하게 울려 퍼지는 멜로디였습니다.

기묘하게 느껴졌는지 관객은 물론, 다른 출연진과 극단 스태프들까지도 고개를 갸웃거렸습니다. 아니, 기묘하다기보다는 아무 의미 없게 느껴져서요.

그도 그럴 것이 이 부분은 다른 사람들의 관여 없이 쉬잔에게 즉흥 연기를 맡겼기 때문입니다.

하나 무의미하다고 느껴지면, 흘려들으면 그만입니다. 사람들은 이 또한 윈닝이라는 배역에 생명감을 부여하는 과정의 일환으로 받아들였고, 저 멀리

떨어진 윈닝의 모국에는 그런 악곡도 있겠거니 납득하고 다시 쉬잔의 연기에 빠져들었습니다.

그런 와중에…….

불가사의한 동양 아가씨가 갑자기 객석에 시선을 던졌습니다. 깊은 눈 속에는 신비한 빛이 깃들어 있었지만, 윈닝이 바라보는 곳 어디에도 그녀가 바라는 것은 없었습니다. 정확하게는 쉬잔이 바라보는 누군가라고 해야겠지만요…….

그 사실은 물론 알고 있었습니다. 그럼에도 쉬잔은 여기에 없는 누군가를, 그 다정하고 그리운 모습을 찾지 않을 수 없었습니다.

네, 이제 몽파르나스 디오라마 극장에 티머시 맥스테드는 없습니다. 극장은 물론, 그 부근의 번화한 거리에도, 파리 하늘 아래 그 어디에도.

티머시 맥스테드는 그 무렵 이미 구대륙에 이별을 고하고 길을 떠난 뒤였습니다.

미국까지는 비행기로도 서른 시간이나 걸리던 시절에, 하물며 출항일이 한정된 배였으니만큼 출발은 단 한시도 미룰 수 없었습니다.

〈비희극적인 여행기〉의 첫 공연을 기다리지 못하고 파리와 디오라마 극장, 연극과 음악, 그리고 무엇보다 쉬잔 곁에서 떠나야 했던 이유. 그를 파리로 보내 다양한 만남을 야기한 계기와 똑같았습니다.

그의 모국이 20세기 들어, 아니, 저 옛날 건국했을 무렵부터 얼마나 제약 없이 전쟁을 되풀이해왔는가 생각하면 해답은 자명하겠죠.

모두가 그토록 열광했던 평화의 도래는 아주 짧은 꿈으로 끝났습니다. 더불어 이때 시작된 전쟁은 겨우 서막에 지나지 않았습니다.

미국에 패배한 나라들은 적어도 표면상으로는 긴 평화의 단잠을 누릴 수 있었건만, 이 전쟁 이후로는 더욱 진흙탕 같은 싸움이 계속됩니다.

그건 어쨌거나 팀의 이야기입니다.

맥스테드는 오로지 기다렸습니다. 또다시 시작된 전쟁이 끝나기를, 전쟁터에서 고향으로 돌아갈 날을, 그리고 또 한 가지를.

처음 두 가지 소원은 마침내 이루어졌지만, 세 번째 소원은 아무리 기다려도 이루어지지 않았습니다.

형태는 아무래도 상관없었습니다. 편지든 전보든

장거리전화든, 그리고 이게 최고입니다만 **사람의 형태로든**……. 거부라면 그것도 좋습니다, 아무튼 답을 원했습니다.

하지만 맥스테드는 결국 답을 얻지 못했습니다. 고향에 일단 돌아갔다가 출발하기까지 짧은 기간에도, 출전한 후에도, 무사히 귀환하고 나서도.

애간장이 탄 나머지 그는 다시 대서양을 건너기로 결심했습니다.

맥스테드는 다시 파리에 도착해 그리운 몽파르나스의 극장 거리로 향했지만, 거기서 꿈에도 상상하지 못했던 무섭고 비극적인 소식을 들었습니다.

바로 몽파르나스 디오라마 극장을 이끌던 빅토르 포랭이 죽어 극단이 해산되고 극장이 폐쇄됐다는 소식이었습니다.

4

끔찍한 사건은 〈비희극적인 여행기〉의 첫 공연이 호평을 받으며 성황리에 끝난 날 한밤중에 일어났습니다.

현장은 극장에 인접한 극단 겸 연극학교 사무동에 마련된 빅토르 포랭의 집무실이었습니다.

성공을 축하하는 뒤풀이로 떠들썩한 극장과는 달리 여기는 쥐 죽은 듯이 고요했습니다. 거기에 2인조 강도가 침입했습니다.

모자를 깊이 눌러쓰고 검은 천으로 얼굴 절반을 가린, 그야말로 전형적인 강도. 소리도 없이 유리창을 깨고 건물에 침입해 집무실 문 자물쇠를 쉽사리 비틀어 뜯고 컴컴한 실내로 들어왔습니다.

여기에 들어와본 적이 있는 사람은 알겠지만, 포랭은 유명한 골동품 장신구, 특히 시계 수집가였습니다. 맥스테드와 처음 만났을 때 아무렇지도 않게 꺼낸 시계도 수집품 중 하나였지만, 그중에서도 '뉘른베르크의 알'이라 불리는 16세기에 발명된 태엽식 회중(에는 들어갈 것 같지 않습니다만)시계는 동호인뿐만 아니라 박물관에서조차 군침을 흘리는 명품으로, 팔면 가격이 얼마나 붙을지 짐작도 가지 않는다는 이야기였습니다.

그러므로 수집품을 노리고 도둑이 들어도 이상할 것은 없습니다만, 2인조 강도가 포랭과 우연히 마주치고 만 것이 비극의 씨앗이었습니다. 무슨 볼일이 있었는지 관계자들의 모임에서 빠져나와 홀로 집무실에 들어가려다가 강도와 딱 마주친 듯합니다.

어렴풋한 불빛에 의지해 솜씨 좋게 방을 뒤지던 2인조는 이 난입자에게 즉시 반응했습니다. 하기야 복도에는 희미하게나마 전등이 켜져 있었고, 실내는 컴컴했으니까 얼굴은 보이지 않았겠지만 없애야 할 방해물이란 건 바로 알았겠지요.

"그만해! 돌아가!"

포랭이 그렇게 외친 직후에 남자들의 권총이 불을 뿜었습니다. 포랭은 총을 두 방이나 정통으로 맞아 그 자리에 쓰러졌고, 2인조는 허둥지둥 창문으로 뛰어내려 달아났습니다.

그 현장을 찾아온 사람이 쉬잔이었습니다. 쉬잔은 복도에 쓰러진 단장을 황급히 안아 일으켜 열심히 간호했지만 헛수고였습니다. 고명한 빅토르 포랭은 약간 늦게 달려온 배우들과 스태프들의 눈앞에서 숨을 거두고 말았습니다……. 쉬잔이 나중에 경찰에 진술한 바에 따르면 포랭이 "할 이야기가 있다"며 불렀다는데, 그 이유가 무엇인지는 결국 밝혀지지 않았습니다.

그 후 은행 계좌에서 용도가 불분명한 돈이 정기적으로 인출되었음이 밝혀져 포랭이 요 몇 년간 누군가에게 협박을 당하며 정기적으로 돈을 뜯긴 것이 아닐까 추측되었지만, 그 일이 이번 강도 살인 사건과 관계가 있는지는 확실치 않았습니다.

경찰이 최선을 다해 수사했지만 결국 2인조의 정체는 밝혀지지 않았습니다. 한편 포랭이 죽은 후 극단은 휴식을 끼워가며 어떻게든 흥행을 마쳤고, 충격적인 사건이 화제를 불러일으켜 그럭저럭 성공을 거두었습니다.

하지만 빅토르 포랭이라는 기둥을 잃은 타격이 너무나 커서 극단은 해산됐고, 몽파르나스 디오라마 극장도 게테 거리에서 사라졌습니다.

(그런 일이 있었구나…….)

아직 사건의 기억이 생생한 극장 거리 사람들에게 비극적인 이야기를 전해 듣고 티머시 맥스테드는 그저 정신이 얼떨떨할 따름이었습니다.

다만 오래 알고 지낸 사람들—그 수는 많이 줄었습니다만—을 아무리 찾아다녀도 알아내지 못한 것이 있습니다.

바로 쉬잔 아다 샤퓌의 소식이었습니다. 그것만은 도저히 알 수가 없어, 이미 파리를 떠났을 가능성도 염두에 두어야 했습니다.

아버지처럼 여겼던 포랭이 강도의 총에 맞아 비업의 죽음을 당하는 바람에 슬픔과 절망을 맛보았을 테고, 그가 없으니 더 이상 연극의 세계에 머무를 이유가 없다고 생각했는지도 모릅니다.

(쉬잔이 없다면 나도 파리에 있을 이유가 없지……)

속으로 그렇게 중얼거린 후 맥스테드는 부랴부랴 고개를 저었습니다.

(아니, 그 일만은 확인해야 해……. **그것**이 어떻게 됐는지 알 때까지는!)

맥스테드는 마음을 정한 듯 걸음을 옮겼습니다. 일찍이 몇 년간 '파리의 미국인'으로 지낸 것이 사실인가 싶을 만큼 아주 서먹서먹해 보이는 시가지로, 예전에 살았던 하숙집 다락방을 향해.

*

솔페주를 지도한다는 핑계로 맥스테드와 쉬잔이 비밀 놀이를 한 것이 모든 일의 시초였습니다.

프랑스와 영미의 계이름 표기법을 이용한 놀이인데요. 아시다시피 프랑스와 이탈리아에서는 '도(프랑스에서는 Ut라고도 씁니다만), 레, 미, 파, 솔, 라, 시'로 표기하는 계이름을 미국과 영국에서는 'C, D, E, F, G, A, B'로 표기합니다. 덧붙여 독일에서는 'B' 대신 'H'를 쓴다는 사실은 아시는 분도 많으시겠지요.

이 표기법으로 간단한 암호를 만들 수 있습니다. 예를 들어 '레, 라, 레'는 'DAD', '도, 라, 시'는 'CAB', '시, 라, 레, 솔, 미'는 'BADGE'가 됩니다.

실제로 수업에서 이런 방법을 사용한 사람이 있다고 하며, 쉬잔은 영국인 어머니에게 피아노의 기초를 배웠다니까 이미 이 놀이를 알고 있었을지도 모르겠습니다.

아무튼 쉬잔은 맥스테드가 제시하는 수수께끼를 풀어냈습니다. 그리고 장난삼아 프랑스어로 번역한 것입니다.

그러면 어떻게 될까요, 위에 언급한 영어 단어는 각각 'papa(아빠)', 'taxi(택시)', 'insigne(휘장)'이 되지 않겠습니까.

그리고 '라, 레, 라'는 'Ada', 쉬잔의 중간 이름인 아다 혹은 에이다가 됩니다. 쉬잔이 그걸 알아차리고 대답하는 대신 웃음을 터뜨릴 만도 하지요.

또 전쟁이 발발하여 쉬잔와 헤어지게 되자 맥스테드는 이 놀이를 이용해 그녀에게 메시지를 보내기로 했습니다. 쉬잔이 연기하는 아가씨 위닝이 무대에서 흥얼거릴 노래는 맥스테드가 정하기로 했으므로, 그걸 이용하면 됩니다.

네, 그날 극장에서 사람들을 의아하게 만들었던 쉬잔의 노래에는 맥스테드의 메시지가 담겨 있었습니다.

노래를 구성하는 음 하나하나를 C에서 B까지의 계이름 표기에 대입하면 몇몇 단어가 만들어집니다. 자신이 떠난 후 쉬잔이 그 단어에 따라 어떤 행동에 나서면 자신의 메시지를 확인할 수 있을 거라고 생각한 겁니다.

맥스테드는 그 짧은 멜로디가 적힌 작은 악보를 살짝 접어, 출발할 준비를 하느라 황망한 와중에 짬을 내어 쉬잔에게 건넸습니다. "무대에 오르기 직전까지는 보면 안 돼"라는 말과 함께.

쉬잔이 보면 바로 암호를 해독하여 "이거 뭐야?" 하고 물을 게 뻔하기 때문이었습니다.

그래서는 아무 의미도 없습니다. 맥스테드는 자신과 쉬잔이 완성한 무대에서 이 곡을 노래할 때 비로소 거기에 담긴 참뜻을 알아차리길 바랐습니다. 사람, 사람, 사람으로 가득 찬 극장에서 쉬잔과 이미 거기에는 없는 자신만이 비밀을 공유한다……. 그것은 맥스테드 나름의 낭만이었습니다.

참으로 에둘러 가는 방법이지만, 맥스테드 입장에서는 어쩔 수 없었습니다. 단장 포랭은 딸이나 다름없이 여기는 쉬잔에게 아무도 접근하지 못하도록 감시망을 쳤고(애당초 이 놀이를 시작한 것도 그 때문이었습니다), 덧붙여 맥스테드 자신에게도 문제가 있었습니다.

네, 맥스테드는 사랑 앞에서 너무나 겁쟁이였습니다. 마음 한구석으로는 상대도 자신에게 호의를 품고 있으리라 기대하면서도, 완전히 믿지는 못했습니다. 게다가 다시 무사하게 만날 수 있으리란 보장도 없고…….

쉬잔이 그걸 찾으면 다행이지만, 찾지 못하면 운명이라 받아들이고 포기한다. 찾았지만 답변이 오지 않는다면 애초에 가망이 없었던 셈이니 포기하는 수밖에 없다.

일말의 희망을 건 시도는 대실패로 끝났습니다.

계속 기다렸지만 쉬잔에게서 연락은 끝내 오지 않았습니다. 너무 겁이 많고 자신감이 없었음을 후회하며 한때는 쉬잔을 잊으려 했지만 잊지 못해, 결국 다시 파리로 왔다는 이야기는 이미 들려드렸죠.

맥스테드가 살았던 하숙방은 기적적으로 남아 있었습니다. 원래 천장 위의 자투리 방이기도 했고, 세상이 점점 윤택해지면서 새로 빌리는 사람도 없었던 거겠죠. 물론 자잘한 부분은 별개지만 붙박이 침대를 비롯한 가구류는 거의 옛 모습 그대로였습니다.

갑작스레 귀국하기 직전에 쉬잔에게 방 정리를 부탁했고, 극단 사람이 남은 물건을 처분하러 올 거라고 집주인에게 알려놨으니, 마음만 먹으면 그것을 발견하기는 간단했을 겁니다. 그리고 맥스테드가 쉬잔을 위해 해놓은 장치는 그대로 남아 있었습니다.

맥스테드는 초조한 마음으로 그 부분을 힘주어 열었습니다. 몹시 뻑뻑하여 찜찜한 예감을 느끼며 단숨에 뚜껑 판을 떼어낸 순간 그의 얼굴은 실망으로 일그러졌습니다.

"그대로군……."

맥스테드가 쉬잔에게 사랑을 고백하고 다시 돌아오면 인생을 함께하고 싶다고 쓴 편지도, 정성껏 마련한 선물도 몇 년 전 모습 그대로 남아 있었습니다.

"하나도 안 변했어, 그때랑……."

여기에 숨기기로 결정하고, 담을 물건을 고심해서 고르고, 마음을 담은 편지를 썼을 때를 떠올리며 맥스테드는 그저 침대 곁에 우두커니 서 있었습니다.

역시 그의 마음은 쉬잔에게 전해지지 않았던 겁니다.

참 바보 같은 짓을 했구나……. 후회가 맥스테드의 마음을 사정없이 지졌습니다. 아마도 포랭이 죽는 바람에 맥스테드의 메시지를 알아차리고 여기로 확인하러 올 경황이 없었겠죠.

아니, 그건 핑계에 지나지 않습니다. 애당초 이런 번거로운 짓을 하지 말고 마음을 솔직하게 전할 걸 그랬다. 그 정도의 용기만 있었다면 이렇게 되지는 않았을 텐데…….

하지만 뒤늦은 후회였습니다.

맥스테드는 곧바로 도망치듯 파리를 떠났습니다. 마음은 한없이 혼란스러웠지만 두 번 다시 이곳을 찾지 않겠다는 결의만은 아플 만치 가슴에 새겼습니다.

실제로 그 후 몇십 년이 지나도록 그가 파리 땅을

밟는 일은 없었습니다. 어느 날 갑자기 몽파르나스 디오라마 극장의 이름이 적힌 편지가 배달될 때까지는.

5

시대가 변화하며 차례차례 새로운 매체가 탄생했지만, 파리의 극장은 여전히 건재했습니다.

물론 그동안 변동은 많아서, 예를 들어 '오페라 가르니에'는 그 역할을 아주 현대적인 양식의 '오페라 바스티유'에 양보하고 오로지 국립 발레단이 작품을 발표하는 자리가 되었습니다.

한편 18세기 이후로 긴 역사를 자랑해온 불바르극의 명문 '앙비귀', 아우구스트 스트린드베리이와 외젠 이오네스코의 전희극으로 기염을 토한 '녹탕뷜' 등이 자취를 감추었으며, 그 밖에도 야심과 혁신 정신을 품고 태어났으나 비눗방울처럼 터져서 사라진 극장은 헤아릴 수 없을 만큼 많습니다.

대중적인 곳 중에서는 피투성이 참극을 적나라하게 그려내어 관객을 벌벌 떨게 만든 '그랑기뇰'이 현실 세계에서 일어나는 홀로코스트와 흉악 범죄에 패배하여 물러나는 형태로 1962년에 폐관했습니다.

그러던 어느 해, 몽파르나스 게테 거리에 위치하면서도 한동안 사람의 왕래가 끊겼던 곳에서 작은 이벤트가 열렸습니다.

거기는 일찍이 유명한 극장이었다가 영화관이 되었지만 얼마 안 가 폐업하고, 그 뒤로는 카페, 쇼핑센터, 더 나아가 자재 창고로까지 사용된 곳이었습니다. 불행한 변천을 거듭한 끝에 폐허나 마찬가지로 변한 건물에 재생의 숨결을 불어넣자는 의도였지요.

장애인 편의를 위한 시설, 최신 음향과 조명, 무대 전환 장치 등은 도입하면서도 어디까지나 원래 모습에 충실하게 복원한 외관은 연극 팬의 마음에 쏙 들 만큼 고풍적이면서도 산뜻했습니다. 그리고 정면에 오랜만에 걸린 간판에는 다음과 같은 글씨가 새겨져 있었습니다.

THÉÂTRE DE DIORAMA

MONTPARNASSE

그 밑에 좀 더 소박하게 내건 제목은 〈Voyage Tragicomique〉⋯⋯. 예, 새로 태어난 몽파르나스 디오라마 극장에서 〈비희극적인 여행기〉를 재상연하기로 한 겁니다.

빅토르 포랭이 죽어 극장이 폐관된 후, 배우와 스태프도 은퇴하거나 다른 곳으로 떠나 어느덧 모조리 잊히고 말았습니다.

그런데 최근 포랭과 그의 업적을 재평가하려는 움직임과 더불어 때마침 디오라마 극장의 재건 재개가 진행되어 옛 작품을 부활시켜 상연하게 되었습니다.

수많은 상연 종목 중 〈비희극적인 여행기〉가 선택된 이유가 있습니다. 이제는 '르 누비엠 아르Le neu-viéme art(제9예술)'로 꼽히는 만화의 요소를 일찌감치 받아들이고, 윈닝이라는 선구적인 여주인공을 등장시킨 것을 높이 평가받았기 때문입니다.

윈닝만은 일종의 전설로서 명맥을 이어왔습니다. 명백하게 그 영향을 받은 캐릭터가 만화에 등장하기도 했지요.

새로 태어난 디오라마 극장은 재상연을 앞두고 당시 관계자들을 최대한 찾아내 공연 첫날에 초대하기로 했습니다. 그리고 그중에 티머시 맥스테드도 포함되어 있었습니다.

당시 관계자들 대부분이 세상을 떠났거나 소식을 알 수 없게 되었지만, 맥스테드는 얼마 안 되는 예외였습니다. 물론 단순히 그 정도의 이유로 초대받은 것은 아닙니다. 맥스테드 또한 자신도 모르는 사이에 업적이 재평가…… 오히려 새로이 발견됐습니다.

이리하여 맥스테드는 마음속에 봉인한 파리에 세 번째로 발을 들여놓게 되었습니다.

하지만 우여곡절을 거쳐 현재 살고 있는 미국 집에 초대장이 도착했을 때, 그는 참으로 복잡한 심경을 금할 수 없었습니다. 이제 노년에 접어든 지금도 그때 일을 생각하면 자책감과 수치심으로 마음이 괴로웠기 때문입니다.

오랜만에 찾은 몽파르나스, 그리운 게테 거리……. 거기서 재회한 몽파르나스 디오라마 극장은 예전과 똑같은 것 같으면서도 분명하게 달라져서 맥스테드는 실망감과 안도감을 동시에 느꼈습니다.

특히 다른 용도로 사용하기 위해 내부 공사를 한 번 했기 때문에, 객석 모습 등은 그 당시와 꽤 많이 바뀌었습니다.

그를 알거나 당시 상황을 들으려는 관계자와 기자들과 적당히 이야기를 나눈 후, 냉큼 한쪽 구석 자리에 앉자 맥스테드는 어느덧 마음이 아주 차분해졌습니다. 이제 더 이상 그때 일로 고뇌하지 않을 것 같은 기분이 들었습니다.

이윽고 막이 오르고 무대에서 펼쳐지는 이야기는 맥스테드에게 신선한 놀라움과 기쁨을 선사했습니다.

"이거였구나……."

완성된 무대를 보지 못하고 미국으로 떠난 만큼, 처음으로 자신이 음악감독을 맡은 작품의 모습에 순수한 감동과 감개를 느끼지 않을 수 없었습니다.

그리고 이야기가 진행되어 불가사의한 동양 아가씨 윈닝이 등장했을 때 맥스테드는 달콤하고도 쓸쓸한 기분으로 가슴이 가득 찼습니다.

무대에 등장한 윈닝은 매혹적이지만 꾸밈없이 천

진난만한 본모습도 담뿍 드러냈습니다. 물론 전혀 다른 젊은 여배우가 연기를 맡았지만 맥스테드는 그녀, 쉬잔 아다 샤퓨이가 무대에 오른 것처럼 느껴졌습니다.

잠시 후 그 장면이 시작됐습니다. 윈닝이 노래라기보다 멜로디를 흥얼거리는 장면이.

"!"

그 순간 맥스테드는 소리 없는 비명을 지르며 저도 모르게 자리에서 일어섰습니다.

"아니야……. 아니야!"

그는 잠긴 목소리로 잠꼬대하듯 되풀이해 말했습니다. 주위 관객들이 곤혹스러워하는데도 아랑곳하지 않고 몇 번이나…….

그 멜로디는 맥스테드가 쉬잔에게 건넨 악보와는 완전히 달랐습니다. 쉬잔이 무대에서 흥얼거릴 멜로디는 기억을 더듬을 필요도 없이 이거였습니다.

시Si-미Mi-레Ré.

미Mi-레Ré-솔Sol-미Mi.

즉, 'BED'와 'EDGE' 두 단어를 암호로 쓴 거지요. 다시 말해 맥스테드가 사는 하숙방의 침대 가장 자리를 살펴보라는 뜻이었습니다만?

"이, 이건 뭔가 잘못됐어⋯⋯."

지금 무대에서 윈닝이 흥얼거린 멜로디는 이랬습니다.

라La-솔Sol-미Mi-레Ré.

미Mi-솔Sol-솔Sol.

이걸 두 사람의 방식으로 바꾸면 'AGED EGG'가 됩니다. '나이 먹은 알'은 도대체 뭘까요? 쉬잔에게 건넨 악보에 어느새 완전히 다른 멜로디가 적혀 있었던 걸까요?

맥스테드는 좌석에 맥없이 주저앉아 어깨를 축 늘어뜨렸습니다. '알'이라는 단어에 한순간 오래된 기억이 되살아났습니다만 지금은 그게 문제가 아니었습니다.

(아니, 그럴 리 없어⋯⋯. 하하하, 그래, 잘못되기는 무슨. 종이쪽에 쓴 악보라 어느새 없어진 거겠지. 그래, 바로 그거야⋯⋯.)

속으로 중얼거리는 그의 가슴이 비탄과 자조로 가득 찼습니다.

생각해보면 당연하다. 아무리 재상연이라고는 하나 그렇게 세세한 부분까지 재현하기는 불가능하다. 보지 못하고 지나간 그날의 그 장면을 다시 보고 싶어 하다니 바람이 너무 컸다.

그때였습니다. 뒷좌석에서 누군가 맥스테드의 어깨에 손을 척 올렸습니다. 깜짝 놀라 돌아보려고 하자 뒷좌석에 앉은 사람이 속삭였습니다.

"잘못된 게 아니야, 팀."

흠칫 놀라 맥스테드가 귀를 기울이자 속삭임이 이어졌습니다.

"그래, 내가 당신에게 받은 악보는 바꿔치기를 당했어. 지금 저 배우가 노래한 멜로디는 틀림없이 그날 내가 여기서 흥얼거린 멜로디야."

바로 그때 우레 같은 박수와 함께 막이 내려가고 장내에 불이 켜졌습니다. 관객들이 웅성대는 가운데, 맥스테드는 부리나케 뒤를 돌아보고 엉겁결에 고함을 질렀습니다.

"쉬잔!"

너무나 긴 공백과 너무나 얄궂은 엇갈림을 겪은 후의 기적 같은 재회였습니다.

6

이 길디긴 비희극의 전말은 다음과 같습니다.

몽파르나스 디오라마 극장을 이끄는 빅토르 포랭은 분명 쉬잔의 부모님인 샤퓌이 부부와 절친한 사이였습니다.

하지만 포랭은 조국을 지배하는 나치에 대해 그들과는 약간 다른 의견을 가지고 있었습니다. 덧붙여 쉬잔의 어머니 샤퓌이 부인에게 뜨거운 연심을 품고 있었지요.

포랭은 결국 레지스탕스 활동가인 샤퓌이 씨에게 동조하는 척하며 당국에 밀고했습니다.

샤퓌이 씨는 덫에 제대로 걸려 누가 배신했는지도

모른 채 하켄크로이츠 아래서 처형당했습니다. 그렇지만 얼마 지나지 않아 연합군이 파리를 해방시키자 포랭은 나치 부역자로 고발될까 봐 두려워하며 하루하루를 보내야 했습니다.

그야말로 자업자득입니다만, 전쟁이 끝나 한창 혼란스러운 시기에 샤퓌이 부인은 정신적 충격과 피로를 이기지 못하고 세상을 떠나 쉬잔은 홀로 남겨졌습니다.

죄의식을 느낀 포랭은 쉬잔을 거두는 동시에 전쟁 전부터 쌓아 올린 연극 활동을 토대로 멋지게 극단을 창설하고 게테 거리에 본거지를 마련했습니다.

하지만 쉬잔이 성장하며 제 어머니의 옛 모습을 그대로 닮아가자 포랭은 솟아오르는 복잡한 감정에 고민하기 시작했습니다.

디오라마 극장에 출입하는 기자가 농담 삼아 말한 '마지노선'은 사실 포랭 본인의 욕망으로부터 쉬잔을 지키기 위한 수단이었습니다.

그런 상황에 나타난 미국인 청년 티머시 맥스테드를 포랭은 줄곧 염두에 두지 않았습니다. 재능은 인정해도 쉬잔과 사랑에 빠지리라고는 생각지 않았습니다.

하지만 포랭은 차차 눈치챘습니다. 팀과 쉬잔이 본인들도 모르는 사이 서로 호감을 쌓아가고 있다는 사실을. 처음에는 그저 의혹에 가까웠지만 솔페주 수업을 훔쳐본 후 의혹은 확신으로 바뀌었습니다.

맥스테드에게 귀국 명령이 떨어져 안도한 것도 잠깐, 포랭은 맥스테드와 쉬잔이 접은 악보를 사이에 두고 뭔가 이야기를 하는 모습을 보았습니다.

쉬잔의 빈틈을 노려 악보를 훔친 포랭은 몰래 내용을 확인하고 거기 담긴 의도를 단번에 간파했습니다. 그리고 오히려 악보를 이용해 두 사람을 갈라놓기로 했습니다.

악하고 비뚤어진 생각을 품는 사람 아니랄까 봐 이때 포랭은 몹쓸 오해에 빠졌습니다. 어쩌면 악보의 암호에 포함된 '침대'라는 단어를 보고 곡해했는지도 모르겠습니다만.

그 양키 놈은 〈비희극적인 여행기〉의 첫 공연을 보지 않고 프랑스를 떠난다고 했지만, 그건 거짓말이야. 객석에 몰래 숨어 있다가 쉬잔의 메시지를 받고 침대 위에서 만날 작정이겠지……

네, 포랭은 터무니없는 착각을 하고 말았습니다. 그 메시지는 **쉬잔이 맥스테드에게 보내는 것**이라고.

포랭은 결심했습니다. 그 악보를 가짜와 뒤바꿔서 두 사람의 의사소통을 방해하고 맥스테드도 처리하기로요.

포랭이 누군가에게 돈을 뜯기고 있었다는 사실이 나중에 밝혀졌는데요, 그건 그가 전쟁 통에 저지른 악행의 대가였습니다.

인기를 구가하는 파리 연극계의 거물이 실은 나치 부역자였다는 사실이 발각되면 일대 추문이 일어 파멸할 것이 불 보듯 뻔합니다. 그러므로 고분고분 따르는 수밖에 없었지만, 포랭은 이 상황을 역이용하여 공갈자들에게 이렇게 말했습니다.

오늘 연극이 끝난 후 내 집무실로 와서 보석이든 뭐든 다 가지고 가. 특히 '뉘른베르크의 알'이라고 불리는 시계 수집품을 팔면 한밑천 크게 잡을 수 있을걸. 뭐, 보험은 들어놨으니까 내 손해는 별것 아니야. 찔끔찔끔 돈을 쥐어짜기보다 훨씬 수입이 짭짤할 텐데, 어때, 해보겠나?

맥스테드에게 남들만큼 눈치가 있다면 쉬잔의 노

랫소리를 듣고 내 수집품을 가리킨다는 걸 알아차리겠지. 처음 만났을 때부터 내 시계를 흥미롭게 쳐다봤으니까.

'aged egg'라는 단어로 오래 묵은 회중시계를 가리키려 하다니 좀 억지입니다만, 사용할 수 있는 문자가 제한되어 있는 데다 어쨌거나 너무 급해서 달리 적당한 암호를 만들지 못했으니 어쩔 수 없습니다.

왜 단장의 방으로 불렀는지 의문스러워할지도 모르겠군. 드디어 쉬잔과의 관계를 인정받을 수 있는가 보다고 어수룩하게 오해라도 해주면 다행일 텐데⋯⋯. 아니, 놈은 분명 그렇게 생각하고 반드시 올 거야!

아마도 이 시점에 포랭의 판단력은 이미 정상이 아니었겠죠. 그가 이 계획에 뭘 기대했느냐, 바로 맥스테드가 강도로 침입한 공갈자들과 딱 마주치는 것이었습니다.

그러면 흉포한 그놈들이 분명 총을 쏘겠지. 이런 일에 익숙한 그놈들이 냅다 달아나고 나면 맥스테드의 시체만 남아!

연출가로서 배우들을 마음대로 부려온 까닭에 스

스로를 과신한 걸까요. 계획의 모든 과정을 머릿속에 그린 후, 포랭은 첫날 공연의 성공을 축하하는 사람들 사이에 섞여 싱글거리며 참극이 벌어지기를 기다렸습니다.

하지만 그는 바로 무시무시한 사실을 깨달았습니다. 역시 맥스테드는 극장에 없었다는 것. 그리고 맥스테드 대신 쉬잔이 집무실로 향한다는 것을요!

포랭은 복도에 있던 쉬잔을 밀어내고 집무실로 뛰어들었습니다. 그리고 이쪽에서는 보이지만 저쪽에서는 이쪽 얼굴을 식별할 수 없는 줄 모르고서 실내의 2인조에게 "그만해! 돌아가!" 하고 외쳤습니다.

그 답례로 총알 두 발이 발사됐습니다.

2인조는 즉시 달아났고, 현장에는 포랭과 쉬잔만 남았습니다. 포랭은 괴롭게 숨을 내쉬며 "사람들한테는 단장이 불러서 왔다고 하렴"이라는 말을 남기고 그대로 숨을 거두었습니다.

*

"그랬구나……."

"맞아, 그런 거였어, 팀."

연극이 끝난 후 텅 빈 객석에서 티머시 맥스테드 씨가 감개무량한 듯이 말하자, 쉬잔 아다 샤퓌이 씨는 그 이상으로 기쁨을 표출하며 대답했습니다.

맥스테드 씨도 별안간 젊어진 것처럼 보였지만, 쉬잔 씨는 어쩌면 무대에서 열연한 윈닝과 헷갈릴 만큼 앳된 표정으로 말했습니다.

"당신이 온다는 이야기는 들었지만, 설마 진짜로 만날 줄이야…… 믿기지가 않아."

"그건 내가 할 말이야. 설마 네가 여기에 오다니…… 잘 지냈어?"

"응, 덕분에. 당신은 어떻게 지냈어?"

"나? 나는……."

이렇게 한바탕 서로 인생담을 털어놓은 후 맥스테드 씨가 문득 생각났다는 듯이 말했습니다.

"그럼 내가 널 위해 쓴 악보는 그때 이 세상에서 사라진 건가. 포랭이 남겨놨을 리는 없으니, 태워버렸으려나."

"응, 아마도……. 설령 남아 있더라도 찾을 방법은 없겠지."

"그거 아쉽네."

"응, 당신한테 직접 받아서 노래해보고 싶었는데."

"아아, 그러게……."

"응……."

이렇듯 예전 연인들의 대화는 현재 연인들의 대화로 이어져 언제 끝날지 기약이 없었습니다. 그래서 분위기를 망치는 줄은 알지만 하는 수 없이 두 사람 뒤에서 말을 걸었습니다.

"저어, 잠깐만요."

어, **저**요? 두말할 필요도 없이 지금까지 이 이야기를 해온 사람 아닙니까.

늘 남의 이야기 속에 슬쩍 등장하거나 기껏해야 남의 이야기를 들어주는 역할을 맡는 것이 고작이었습니다만, 이번에는 이유가 좀 있어서 이렇게 나섰습니다. 뭐, 그건 어쨌거나…….

"말씀 나누시는 중에 죄송합니다만, 맥스테드 씨."

제가 말을 걸자 맥스테드 씨는 의아한 표정으로 저를 돌아보았다가 다시 쉬잔 씨를 흘끗 보며 물었습니다.

"이 사람은……?"

"아아, 미안해. 이야기에 너무 푹 빠져 있었네. 팀, 이쪽은 당신이 어디 사는지 찾아주신 분이야."

맥스테드 씨는 놀라서 눈을 깜박이더니 제게로 몸을 돌렸습니다.

"그럼 탐정 같은 일을 하시는 건가요?"

"뭐, 그렇다고 할 수도 있겠습니다만 전문 분야가 좀 특수합니다."

"전문 분야가 특수하다고요?"

"예, 그래서 좀 부탁드리고 싶은 일이 있는데, 여기 종이와 펜이 있으니 이 부인께서 **원래 노래했어야 할 곡의 악보**를 써주시면 안 되겠습니까?"

"그 곡의 악보를?"

맥스테드 씨는 더욱 의아한 표정을 지었습니다. 그래도 제가 "예" 하고 고개를 끄덕이고, 쉬잔 씨가 미소와 함께 눈짓으로 재촉하자 술술 쓰고 나서 종이에서 눈을 들었습니다.

"이거면 되겠습니까?"

"충분합니다." 나는 고개를 끄덕였습니다. "감사합니다……. 자, 그럼 이걸 받으시죠."

그렇게 말하며 그 악보를 쉬잔 씨에게 건넸습니

다. 수십 년 만에 재현된 악보를 아주 기쁘게 품에 안는 쉬잔 씨와 저를 번갈아 바라보며 맥스테드 씨가 물었습니다.

"이게…… 어떻게 된 일이지?"

"응, 이건……."

쉬잔 씨는 티 없이 수줍은 표정을 지었습니다.

"나, 꼭 당신을 만나고 싶었어. 그러기 위해 분명 이 세상에서 사라졌을 악보가 간절했지. 그 악보를 손에 넣으려면 당신과 만나 다시 써달라고 하는 수밖에 없으니까. 그래서 이 사람한테 부탁한 거야."

"흠, 그랬구나……. 으응?!"

"응, 그런 거야."

네, 그랬습니다. 하지만 저도 이런 경험은 처음이었습니다. 존재하지 않는 악보를 구하기 위해 전 세계를 헤매며 사람을 찾아야 할 줄이야. 그 탓에 사정을 아는 사람이 따로 없어 스스로 화자를 맡아야 할 줄이야!

하지만 두 분의 더할 나위 없이 행복한 모습을 보고 있자니 가끔은 이런 변칙적인 의뢰도 나쁘지 않다는 생각이 들었습니다.

하나 제 본분은 악보 찾기입니다. 런던 교외의 고독한 부인이 연주하던 곡이든, 결국 일류는 되지 못했던 잘츠부르크의 작곡가가 사랑하는 사람을 위해 쓴 곡이든, 죽은 자를 되살리는 인도네시아의 민속 음악이든, 루마니아의 과자 상인이 사용한 곡이든, 서태후를 위해 쓴 경극이든, 악보라면 뭐든지 찾아드립니다.

"그런데 이 '침대 가장자리'는 무슨 뜻이야?"

"이거? 지금은 흔적도 없이 사라졌겠지만 내가 옛날에 살았던……."

다시 감미롭고 친밀하게, 온몸으로 기쁨을 분출하며 대화를 나누는 두 분을 뒤로하고 저는 살며시 그 자리를 떠났습니다.

왜냐하면 다시 시작됐기 때문입니다. 악보를 구해서, 악보를 찾아서, 악보를 안고 여행하는 나날이. 여러분도 혹시 찾으시는 악보가 있다면 언제 어디서든 연락 주시기 바랍니다!

역자 후기

2005년이었던가, 부산에서 '비틀'이라는 이름의 작은 여객선을 타고 후쿠오카로 여행을 다녀온 적이 있다.

바다 위에서 비틀비틀하던 비틀, 후쿠오카 타워, 동물원의 기린, 수족관의 상어, 무더위를 식혀주었던 레몬 콜라, 반대 방향으로 탄 노선버스 등등 아직도 많은 기억이 남아 있다.

그러나 내 해외여행은 그때 딱 한 번뿐이다. 대한민국에서 엎어지면 코 닿을 곳(?)인 일본 후쿠오카에 딱 한 번. 집돌이인 내게 해외여행은 그 정도로 드문 일이다.

그런데 이번에 대구 본가에 내려갔다가 칠레의 아타카마 사막에 여행을 다녀왔다. 물론 실제로는 아니고 〈세계테마기행〉이라는 방송을 통해서.

집에 편안히 앉아서 아타카마 사막의 독특한 지형과 지질을 구경했다. 여행 경비를 한 푼도 들이지 않고 눈요기를 한 셈이다. 그걸 여행이라 할 수 있냐고 반문하는 사람도 있겠지만 칠레의 일면을 접한 것은 사실이다.

이러한 체험은 방송으로만 가능한 것이 아니다. 책으로도 가능하다. 배경 묘사에 충실한 번역서는 대부분 이러한 요소를 지니고 있지 않을까 싶은데, 『악보와 여행하는 남자』는 그중에서도 더욱 '여행'에 초점을 맞추고 있다. 각 단편마다 초반부에 각국(영국, 오스트리아, 네덜란드, 루마니아, 중국, 프랑스)의 정경을 묘사하여 이국정취를 자아내고, 이야기를 진행하면서 그 나라의 역사적 배경이나, 문화, 상황을 조명한다.

그리고 거기에 '악보'라는 형태로 음악을 접목시킨다. 음악은 듣는 것이지만 악보는 읽는 것. 어떻게 보면 소설의 아주 먼 친척이라고도 할 수 있는 악보를 소재로 갖가지 인생사를 미스터리 형식으로 그려내어 독자에게 지적이자 정서적인 여행을 시켜준다.

소설, 음악, 여행의 융합. 아시베 다쿠는 결코 쉽지만은 않을 이 기획을 베테랑의 글 솜씨로 실현한다. 30년 가까이 작가로 활동하며 쌓은 내공이 고스란히 담겨 있다고 볼 수도 있겠다.

단 하루 만에 영국, 오스트리아, 네덜란드, 루마니아, 중국, 프랑스 6개국을 다녀올 수 있는 초특급 패키지 투어. 여비는 오직 책값과 약간의 상상력뿐이다.

독자 여러분도 이 책을 통해 아시베 다쿠가 안내하는 세계 여행에 한번 참여해보시기를 권한다.

2018년 12월

김은모

**어둑한 골목 한구석에 자리한 허름한 책방
그곳을 찾은 손님에게 오늘도 악몽을 판다!**

기담을
파는 가게
奇譚を売る店──

아시베 다쿠 연작소설
김은모 옮김

**수상쩍은 가게에서 헌책을 구입한 이들이 겪게 되는 괴이한 사건
현실과 비현실의 경계를 넘나드는 여섯 편의 악마적인 이야기**

당신이 이 책을 어느 서점, 헌책방 혹은 도서관 서가에서 골랐는지는 모른다. 하지만 그 순간 당신도 '나'의 일원이 되기를 선택했다. 그렇다. 이 『기담을 파는 가게』를 골라 여기에 담긴 이야기를 읽었다면 부디 앞으로 기다릴 운명, 특히 암흑과 등 뒤를 조심하기 바란다. 느닷없이 떠밀려 떨어지고, 몸이 갈가리 찢긴 끝에 책 속에 갇히지 않도록.